U0095513

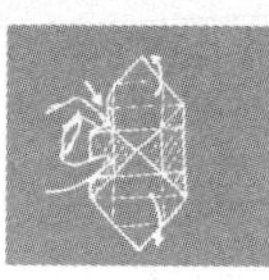

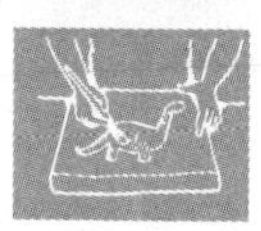

男孩女孩最棒手册丛书

女孩手册

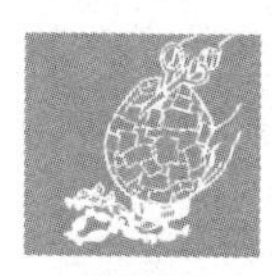

生存能力训练

68招培养女孩五大能力

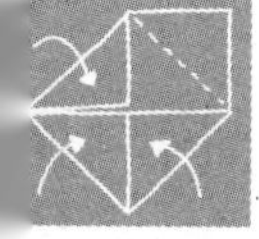

[英] 特蕾茜·特纳／文

[英] 凯蒂·杰克逊／图

冯金虎／译

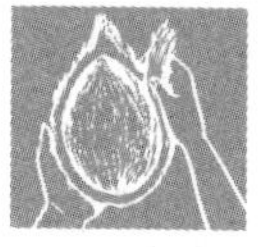
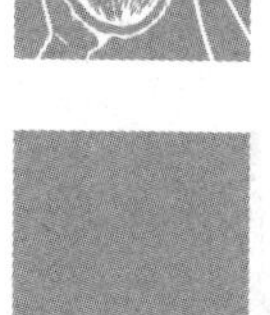

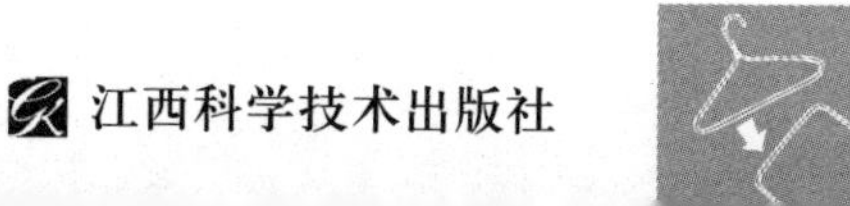

江西科学技术出版社

The Girls' Book 3

Even More Ways to be the Best at Everything

Writen by：Tracey Turner
Illustrated by：Katy Jackson

For Sophie and Lucy Dinning

致读者

你需要时刻小心，特别是在加热或使用尖锐物品的时候，切记要注意安全，还得听从有经验的成人的建议。一定要使用安全的防护工具，遵守法律及当地法规，并要考虑是否会影响他人。如因使用本书内容而产生任何意外或伤害，作者及出版商概不负责。

目录

一 生存能力训练

生存是人一生的第一能力。不管是遇到自然灾害还是处于人为险境，只要能提前训练好自己的生存能力，就能保护自己，救助别人，能将损失减少到最小。

1. 辨别方向 …… 14
2. 雪崩中幸存 …… 16
3. 躲避雷击 …… 18
4. 巧妙击败攻击者 …… 19
5. 荒岛求生 …… 20
6. 汉默里奇急救法 …… 23
7. 寻找水源 …… 24
8. 鱼口逃生 …… 26
9. 鲨口逃生 …… 28

10. 激流中逃生 …… 30
11. 避开河马的大嘴 …… 32
12. 不想挨饿就煎个薄饼 …… 34

二 动手能力训练

每个女孩都希望自己心灵手巧。但心灵手巧并不是天生的，不断动脑动手才能让自己成为心灵手巧的人，下面的这些练习都很有趣，不妨试一试。

1. 如何做相框 …… 38
2. 如何做属于自己的圣诞节礼炮 …… 41
3. 藏好你的小秘密 …… 44
4. 美味的床上早餐 …… 45
5. 美味的什锦麦片粥 …… 47
6. 巧克力布朗宁蛋糕 …… 48
7. 做纸花 …… 49
8. 直升机起飞 …… 50
9. 用皮纳塔装点节日 …… 52
10. 巧克力核桃软糖 …… 54

11. 手工盒子 …………………………………………………… 55

12. 纸牌搭房子 ………………………………………………… 57

13. 漂亮的香皂 ………………………………………………… 58

14. 跳房子 ……………………………………………………… 60

15. 自制汽水 …………………………………………………… 63

16. 背包闪闪亮 ………………………………………………… 64

17. 花样跳绳 …………………………………………………… 66

18. 打水漂 ……………………………………………………… 68

19. 茶叶占卜 …………………………………………………… 69

20. 美甲 ………………………………………………………… 70

三 学习能力训练

如果你还在死记硬背，那不叫学习。学习应该充满乐趣，而且不仅仅限于书本的知识，比如：创建一套属于自己的记忆法、用最巧妙的方法测量树的高度……

1. 创建自己的联想记忆法 …………………………………… 74

2. 如何计算小狗的“人类年龄” …………………………… 75

3. 拼写测验 …………………………………………………… 76

4. 计算罗马数字 …………………………………………… 78
5. 指纹采集 ………………………………………………… 79
6. 变废为宝的造纸术 ……………………………………… 81
7. 用10种语言说“生日快乐” ……………………………… 83
8. 自制钟乳石 ……………………………………………… 84
9. 巧测树的高度 …………………………………………… 86
10. 利用静电制造闪电 …………………………………… 87

四 社交能力训练

社交听上去离你很远，其实近在咫尺：通过做一些游戏和同学搞好关系、学会判断别人讲的是真话还是假话……现在开始做做这些训练，你马上就会变成一个最受欢迎的人！

1. 真话怎么说 ……………………………………………… 90
2. 读心术 …………………………………………………… 92
3. 自己的颁奖礼 …………………………………………… 94
4. 超酷的纸牌游戏 ………………………………………… 96
5. 玩名字游戏 ……………………………………………… 97
6. 疯狂高尔夫 ……………………………………………… 98

7. 打赌常胜王 …………………………………………… 101
8. 大预言器 ………………………………………………… 102
9. 不用烤的生日蛋糕 …………………………………… 106
10. 猫咪乖乖坐 …………………………………………… 108
11. 金字塔形蛋糕 ………………………………………… 109
12. 卡片会开花 …………………………………………… 112
13. 成为超级巨星 ………………………………………… 114
14. 生日花 ………………………………………………… 116
15. 袋子里有什么 ………………………………………… 117
16. 蝴蝶蛋糕 ……………………………………………… 119
17. 真心话大冒险 ………………………………………… 122

五 创造能力训练

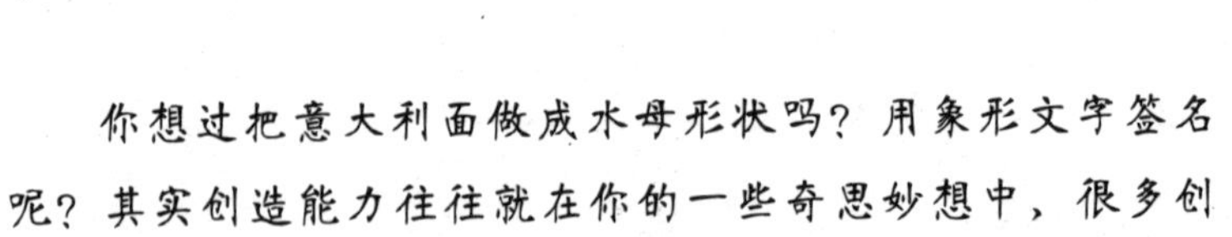

你想过把意大利面做成水母形状吗？用象形文字签名呢？其实创造能力往往就在你的一些奇思妙想中，很多创意大师都是通过这些奇特的想法让全世界记住的哦！

1. 做一盘水母意大利面 ………………………………… 126
2. 用象形文字写名字 …………………………………… 127

3. 音乐家的衣服 ………………………………… 128

4. 吸血鬼的好朋友 ……………………………… 129

5. 创造世界纪录 ………………………………… 131

6. 制造假化石 …………………………………… 133

7. 姜饼屋 ………………………………………… 135

8. 和雪人做朋友 ………………………………… 138

一 生存能力训练

生存是人一生的第一能力。不管是遇到自然灾害还是处于人为险境，只要能提前训练好自己的生存能力，就能保护自己，救助别人，能将损失减少到最小。

本章精彩内容

1. 辨别方向 …… 14

2. 雪崩中幸存 …… 16

3. 躲避雷击 …… 18

4. 巧妙击败攻击者 …… 19

5. 荒岛求生 …… 20

6. 汉默里奇急救法 …… 23

7. 寻找水源 …… 24

8. 鱼口逃生 …… 26

9. 鲨口逃生 …… 28

10. 激流中逃生 …… 30

11. 避开河马的大嘴 …… 32

12. 不想挨饿就煎个薄饼 …… 34

辨别方向

外出时能辨别东南西北，虽然做起来简单，却往往能在迷路时自救哦。下面，就教给你这个方法。

无论南北半球，都一样适用

你需要一只表（有指针的，数字显示的表盘不行），你还得知道太阳现在位于何处，如果很难辨别的话，那就等到晴天再来好了（千万不要直视太阳，阴天也不要。否则会对你的眼睛造成严重伤害）。

水平伸直你戴表的手臂，然后调整方向，让时针指向太阳所在位置的方向。正午时，北半球的太阳开始移向南方。南北线在时针（必须指着太阳的方向）与表盘12点位置形成的夹角之间，你可以凭借这一点分辨出它来。

举例说明，下午3点，南北线移到了表盘上的1点和2点之间。我们可以知道，此时在北半球，北方在1点和2点之间所指的那个方向，南方在7点和8点之间所指的方向。

南半球看见的太阳在正午时分移向北方，如图所示。此时北方位于表盘上的1点与2点之间所指的方向。

绳量法

如果没有表的话，用一根绳子，通过测量木棍在一天中不同时间的阴影长度，也可以找到南方在哪里。

需要的东西

一根又粗又直的木棍

两块中等大小的鹅卵石

一块平地

一条绳子

一根小树枝

1. 将木棍插入土里。清晨时，在木棍投影的顶端位置处的地上放上鹅卵石做标记。

2. 以木棍底部为圆心，画一条半圆形的弧线（可以将绳子的一头绑在木棍上，另一头绑上树枝，这样很容易画出来）。最好这条弧线上的每个点与木棍的距离都和卵石所在位置与木棍的距离相等。

3. 接近中午12点的时候，木棍的阴影会变得很短，下午又逐渐加长。等到木棍投影的顶端与弧线相交时，用另一块鹅卵石标记出这时它的位置。

4. 太阳东升西落，木棍的投影方向也随之变化，从西至东。因此，你早上放下的那块鹅卵石在西边，晚上放下的那块鹅卵石在东边，它们中间画出一条线，正好指示了东西两个方向。再画上与之相交的线，你就能知道南方和北方了。

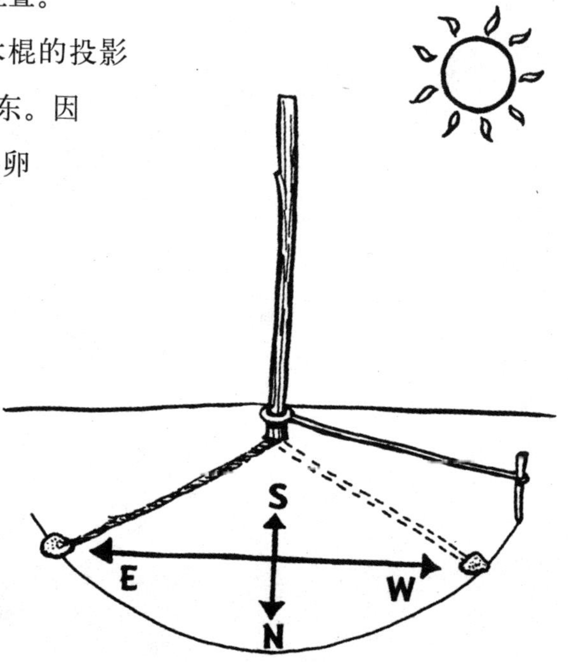

雪崩中幸存

山坡上的积雪越来越多，就会向坡下滑动，这就是雪崩。每年都有人葬身于数吨重的雪流里。如果你要去滑雪，就得知道怎样避免犯错——大部分雪崩，都是因为单人的重量加在不稳定的积雪上引起的。下面，是一些困境求生好办法。

准备工作

保持警觉。上山之前，听听收音机或电视里有没有你所在地方的雪崩警告。

在山坡上，看看周围有没有大雪球或在刮大风，温度是否在迅速变化，拍打积雪，听声音是否是空响。雪崩一般发生在朝北的陡坡上，那里你可千万别去。

记得带上手机，好寻求支援。还有，别忘了带上雪地信号灯——这个设备会告诉营救者你所在的位置。

紧急策略

一旦雪崩迅速朝你而来，你就得赶快行动了。不要想逃脱雪的包围——它们的速度比你想象的快多了。

立刻放下你的滑雪杆，在你下落的时候，它可能会弄伤你。如果你被围困在雪中，赶紧想法子尽量离雪堆顶部近一些，这样方便你“游”出雪面。如果在滑落时经过灌木丛，最好想法子抓住树枝或树干。

若随着雪崩滑落，记得将身体蜷成球状，手护住脸部。你停止移动后，迅速把手移开，然后在脸部前的雪中挖开一个空洞。几秒钟之内，雪就会变硬，所以你得抓紧时间。

打开你的雪地信号灯，并稳稳站在地上——援助人员可能正在路上。

躲避雷击

闪电是雷雨云与地面之间的放电现象，是你在暴风雨天气中所看到的天空中的强烈闪光。人被闪电击中的概率只有百万分之一，但这并不表示你在暴风雨中就可以掉以轻心。要想不被烧焦，还是按照下面的方法做吧。

闪电会通过导体迅速传向地面。高高的大树，或是你的身体，都是它们从空中来到大地时可能经过的通道。所以呢，雷雨天最好就在家里闭门不出。

如果你正巧在车里，那么就待在里面吧。闪电更愿意攻击金属的车体，而不是你。但你要记得关好门窗，而且不能触碰车里的任何东西。

运气不好的是你在室外，那就别待在江河湖泊边，或是地势较高、且没有遮挡的地方，有比较高的物体如旗杆之类的地方也不可以。还要扔掉会增加你身高的物品，尤其是金属制品，高尔夫球棍或雨伞都万万不可拿着。如果仅是看见闪电，还没有听到雷声，那来说说如何远离风暴吧。雷电的移动速度你可以计算为每3秒钟一千米，每5秒钟一英里。如果闪电已经过去超过15秒钟，那风暴近在咫尺，所以你得赶快找个地方躲起来。近处没有掩蔽处的话，那就原地蹲下等着风暴过去吧。

巧妙击败攻击者

让攻击者的脑子和身体混乱，是击败攻击者的方法。下面是两个简单的法子，你可以在朋友身上试试看。

分辨时机

请朋友伸直手臂，内侧向上。告诉她你会用手指轻抚她的手臂，当你的手指碰到她肘关节的内侧时，她就得喊停。

请她闭上眼睛，集中注意力。然后开始抚摸她手腕以上的手臂部位。手指要不断上下移动，直到她喊停为止。没准她会觉得非常困难哦。

混淆视听

再请你的朋友伸出手臂，在身前交叉手掌交叠。

告诉她交叉手指，掌心相对。这样，她就可以把手放到胸前来。

请她动动右手的中指。你可以指着那根手指头，但是一定会动不了。手指放到陌生的位置，会让头脑糊涂混乱，这时要找出自己的中指会非常困难。

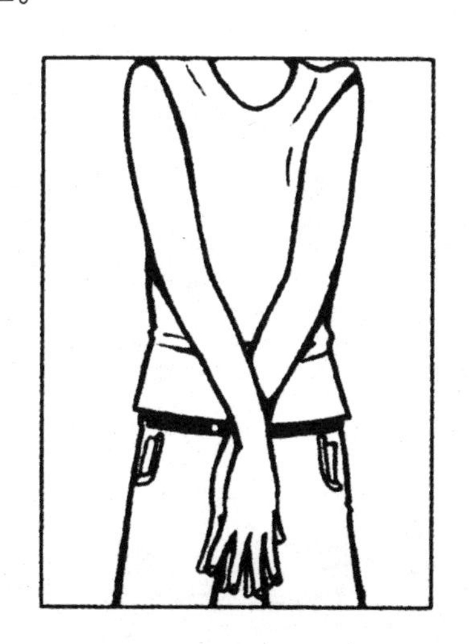

荒岛求生

你从来没有想过在无人的荒岛上如何活下去吧？下面是一些让你可以支撑到救援到来的好办法。

解决口渴

不喝水的话，人活不上几天。在炎热的荒岛上，你会因为出汗太多而迅速脱水。所以当务之急是找水。

幸运的话，在岛上会找到干净的水源。沿着岸边搜寻流入大海的溪流，然后尽你可能地跟随溪流向源头走去，也别走得太远。在你喝水之前先看看水质是否清澈，有没有异味。先喝一点点，然后逐日增加你的饮水量。这样，在你喝很多水以前，就能知道这水会不会对你有害。

如果找不到干净的水源，那就需要收集水了。集水有两个办法：一是下雨时，用容器盛装雨水。然后把这些水放在阴凉处保存，这样做能减慢水的蒸发。二是每天早晨去收集树叶上

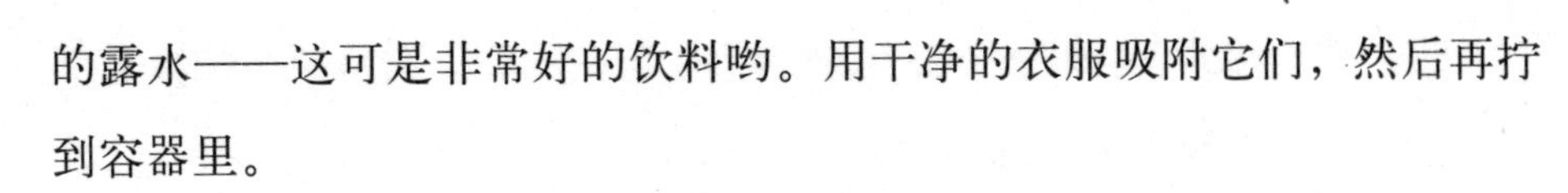

的露水——这可是非常好的饮料哟。用干净的衣服吸附它们，然后再拧到容器里。

藏身之所

在烈日下暴晒会让你受伤，因此第二件事就是给自己找一个遮荫处。选择一个合适的地方，比如一块干燥的大岩石，一棵倒在地上的树，甚至是一个山洞。采集芦苇、树枝和较大的叶子，然后用它们来建造你的遮荫处。你可以把树枝编织起来，将干燥的树叶、松针或是蕨类植物铺在地上。

食物

很多医生都说，人没有食物可以生存4～6个星期。但无论如何，要是超过一定时间不吃东西，你的身体就会很虚弱，所以要去找东西吃。为什么不试试做一根钓鱼竿呢？一根棍子，再加上一个做钩的安全别针就行了。去试试自己的运气吧。你还可以用尖利的棒子来做标枪刺鱼呢。失败了也没有关系，大部分海藻都是可以吃的，只要你把它们煮上一会儿。

椰子是最好的食物和饮料，那就希望你所在的岛上会从树下掉下几个来吧。下面，来教你怎么打开它。

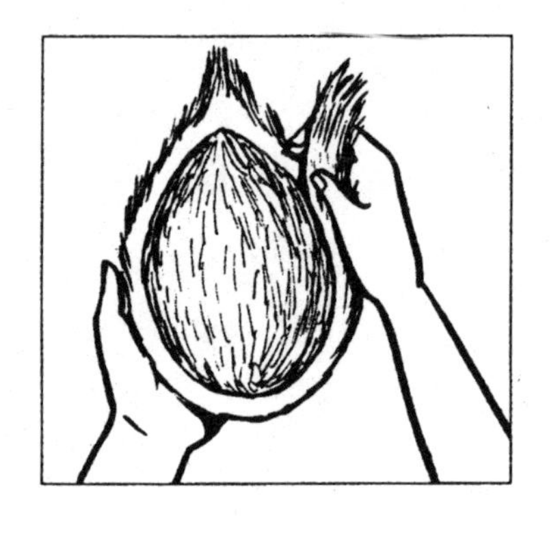

1.如果你已经去掉了椰子那层绿色的外壳，就把“稻壳”——那层毛茸茸的外皮撕掉吧。

2.在椰子的一头顶部，你可以看到三个小洞——像两只眼睛和一张嘴巴。两眼之间有一道缝，将椰子一分为二。想想吧，这缝环绕的正是椰子最甜美多汁的那一部分。

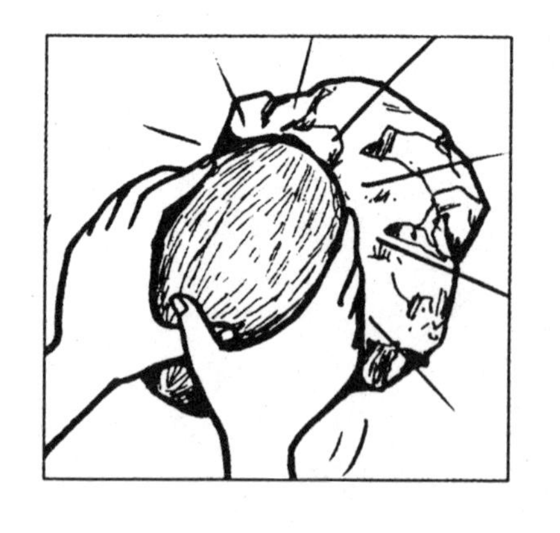

3.找一块大石头，用椰子敲击石头。注意敲击的部位最好是椰子缝旁边的坚硬部位，还要一边敲一边转动椰子。重重地敲几下，椰子就会裂为两半。

4.用锋利的贝壳或者石片挖出椰子壳里的白色果肉。在你吃之前，闻闻是否有异味。如果有馊味或霉味，就把它扔得远远的。

汉默里奇急救法

在学校吃午餐或是餐馆里用餐，可能会看到有人窒息。如果懂得汉默里奇急救法，你就可以挽救他们的生命。

迅速行动

窒息通常由一个小物品引起，例如气管被食物碎片堵塞，导致窒息者不能说话或呼吸，所以一定要抓紧时间。

1. 让窒息者身子前倾，看看是否能将物品咳出。不行的话，则需要从背后环腰抱住窒息者。

2. 一手握拳，让拇指边顶在窒息者的肚脐与胸腔之间。

3. 另一手抓住拳头，压向窒息者的胃部。

4. 只需要短短一瞬，不要挤压你的手臂——要从手部发力。这样会让物品离开气管。如果不行，则按上面的步骤重新来做，直至窒息者吐出物品。

警告：这种方法最好是在成人被卡住或窒息的时候使用，而且一定要是紧急情况。如果使用不当，你试图救助的人可能会因此受伤。

寻找水源

有一些人声称，通过探测他们能知道地下哪里有水源，或是像石油或金属等物质。所谓探测，就是找出隐藏的东西。靠近水源的时候，两根探测棒会交叉成十字，这种L形的金属棒可以用金属衣架来制作，再套上两根麦秸作为把手。

没证据表明人们真能通过探测找到水源，但你也可以和你的朋友们来做个这样的实验。

你需要

探棒

10个塑料瓶

10个水桶或是硬纸盒

水

纸和笔

怎么做

1.留下一个空瓶，其他塑料瓶中都装上半瓶水。这一步可别让朋友们看见。

2.将瓶子排成一排，每个之间相隔半米。再用水桶或是纸盒盖上，并给水桶或纸盒编号。

3.让一个朋友沿着水桶排成的行往前走，告诉她手中的探棒会知道哪个水桶下面有水。把她认为有水的水桶和认为没有水的水桶都分别做上记号。

4.等所有的朋友都完成了探测，揭晓谜底。

鱼口逃生

你也许曾经听说过，一群食人鱼在几秒钟内就会凶残地把一个人啃到只剩下骨架。不过，这并不是真的。

事实上，这种多齿鱼与它们可怕的名声并不相符。所谓食人鱼有很多种，大部分都是吃素的。即使是最凶残的那种食人鱼，也不会捕猎大型哺乳动物（比如你这样的）。这是真的，不过，食人鱼真的可能轻易一口咬掉你的手指或脚趾。

很多时候你都应该有所准备，特别是面前有一群牙齿锋利的食人鱼时。下面，这些办法能帮你在食人鱼大批出没的水域里保住你的手指或脚趾。

预防措施

了解食人鱼的栖息地——它们栖息在南美洲水流缓慢的河流或小溪中。红肚子的食人鱼是最危险的。

暴雨后不要进入靠河的大水塘里。食人鱼可能被困在这些池塘里，如果真被困住了，它们非常饥饿，而且极富攻击性。

旱季进入南美洲的河流也是非常危险的——这时候的食人鱼食物短缺，它们的脾气会非常暴躁。

不要靠近垃圾场、有鸟巢的树林边的积水——这里面有很多食人鱼爱吃的食物，没准儿它们就潜藏在里面。

食人鱼对水里的血腥味道很敏感。不论身体那个部位受伤，都千万不要下水。

如果看见了食人鱼，不要恐慌——拍水会引起它们及其他食肉动物的注意。镇定地向河岸走去，注意不要激起水花，到了相对安全的地方你再喘口气吧。

鲨口逃生

你当然不乐意被鲨鱼攻击了。尽管被这凶猛巨大的食肉动物咬上一口的机会微乎其微，可你还是小心为妙。去海边玩一趟还要冒着被生生吃掉的风险，实在把你游玩的兴致都败坏掉了。

不在海里游泳，当然就没有风险。办不到的话，你可以去没有鲨鱼出没的海域，比如美国东海岸（特别是佛罗里达），相对于世界各地的其他海域，这里被鲨鱼攻击的概率要小得多。

留心收音机或电视里播报的鲨鱼警告信息。

不要独自下海游泳，一个人比一群人更容易受到鲨鱼的攻击。

泳衣的颜色如果鲜亮夺目，也容易引起鲨鱼的攻击——鲨鱼是近视眼，对轮廓清晰的东西都很感兴趣。游泳时也别戴首饰或其他闪光的东西，鲨鱼会误以为它们是闪亮的鱼鳞。

不要发出很大的水声，这样会让鲨鱼以为有生物在挣扎。

黎明或黄昏或晚上，都不要下海——那是鲨鱼觅食的时间。

鲨鱼常常躲在沙洲后面或是海沟里。远离这些地方，一旦望见鲨鱼露出水面的背鳍，就要立刻躲得远远的。

鲨鱼能闻到水中几千米以外的血腥味。受伤以后也千万不要游泳。

鲨鱼的食物主要是海里的小鱼和哺乳动物。不要在有很多鱼群或海洋生物出没的海域游泳，这些东西对于鲨鱼来说都是诱惑——你会发现你身处鲨鱼的快餐店之中。海鸟飞行的地方说明那一片海域食物丰富。人们钓鱼的地方往往也是鲨鱼享受午餐的地方。

激流中逃生

激流是海平面下的一股水流，从岸边飞快地流向海中。很强壮的游泳者也会被激流推进大海中央。无论如何，一旦你知道怎么应对激流，就能安全地回到岸上。

紧急措施

正在游泳的时候，突然一股水流把你推向海中，这时不要害怕。因为恐惧会让你失去方向感，所以一定要保持头脑清醒。只要水流还没有把你拖入水下，就有很好的机会回到岸边。

不要游向海岸。你是没法和激流对抗的，这样做只会让你疲劳不堪。

调整自己的移动方向，尽量与海滩平行。如果水流很急，你没法做到，那就随波逐流吧，激流会把你带到一个风平浪静的地方去。

通常的大浪头也不过10米宽。你独自游得够远的话，再掉转身子与海滩平行，这样就可以摆脱激流的影响，游回岸边，也可以等着海浪把你带回去。

如果时常有激流，观光海滩上都会有标志警示。要注意这些标志，而且千万不要游到不安全的海域去。最好一直待在有训练有素的救生员驻扎的海滩。

警告

不要独自下海游泳。如果你的泳技很菜，那就待在浅水区吧。

避开河马的大嘴

也许你觉得河马很可爱，是一种懒洋洋又喜欢在泥中打滚的动物。还是好好再想想吧——它们可是非常非常凶猛，富有攻击性的哦。一旦河马认为有人侵入了它的领地，就会立刻发动攻击。这种非常庞大的动物，足足有4吨重，长牙像剃刀般锋利。甚至能够一口把鳄鱼咬成两截。

那么，你肯定就会想要远离河马的栖息地了，不过，别忘了这里还有几个以防万一的办法。

紧急策略

尽量远离河马。有两种河马会发起攻击——要保护孩子的母河马和在旱季缺少食物的饥饿河马。

如果河马张大了它的血盆大口，有可能不是在打呵欠——它并非无

聊，而是在向你展示它有很厉害的牙齿，可以随时攻击你。你可一定要注意这种攻击信号。

慢慢地后退，表明你不是一个威胁。如果河马看到你独自离开它的领地，它多半是不明白你此举只是为了帮助自己，还会狠狠地咬你一大口。

尽量待在河马所在位置的下风处，这样风就不会把你鲜美的人肉味送到河马的鼻子边，饥饿的信息也不会跑进它的大脑。

千万不要挡在河马喝水的道路上。一定得让它顺利通过，这是一种很好的躲避河马的方式。

无论如何，逃跑都不是你的上上之选，因为河马的速度比你快多了，能很快追上你。最后一招，拼命地快跑，找到离你最近的一棵树，然后赶紧爬上树，大声喊救命。

不想挨饿就煎个薄饼

煎一张薄饼，而且抛饼翻面，是证明你卓越厨艺的最好法子。来，现在开始吧……

你需要

125克未发酵面粉

300毫升牛奶

一个鸡蛋　橄榄油

一个美味的糕点装饰

以及梦幻般的颠锅技巧

做法

1.把面粉和牛奶放到碗里。

2.加入一个鸡蛋后，充分搅拌（这玩意儿我们叫它面糊好了），要全部拌匀没有结块。

3.平底煎锅里放上一茶匙橄榄油，用火加热。油需要快速加热，这时候最好请大人来帮你。接着把煎锅略微倾斜，并像画圈似的晃动它，好让油流到锅底的其他位置。整个锅底铺满油后，把火力调到中等。

4.在煎锅中放入两勺面糊，然后将面糊摊成饼状，铺满整个锅底。

5.大约一分钟后，看看面饼的外沿是否已经烹熟——如果已经熟了，就将煎锅从灶台上端起来晃动一下，如果煎饼随着你的晃动在锅里滑动，就是时候开始颠锅了。

6.从炉子上拿起煎锅，并使其倾斜，让煎饼滑动到锅沿的一边（没准你需要用两只手才能握住锅柄）。

7.现在，请飞快地将煎锅朝上及身前扬起。希望你的薄饼能够顺利地被抛到空中。注意你的薄饼，掉下来时你得用锅接住它。如果你够幸运，薄饼在空中会翻转180°，翻了一面落在锅里正好方便你继续烹饪。不过你的运气也可能不够好，朝下的那一面仍然是原来那面。

多多练习会让你的技术渐趋完美。这些面糊足够做一打或者更多的薄饼，所以在做第二批的时候你就应该很棒了。熟练以后，给自己一阵热烈的掌声吧。

狼吞虎咽

让人想吃的才是好薄饼。下面这些美味的糕点装饰可以让你的薄饼更加诱人：

甜甜的糕点装饰料：鲜榨的柠檬汁和少量的糖；枫糖浆和冰淇淋；巧克力汁；水果泥（覆盆子做成的特别好吃）。

让人开胃的配料：

炒蘑菇、

韭菜或者西红柿、

烘豆、起司条

二 动手能力训练

每个女孩都希望自己心灵手巧。但心灵手巧并不是天生的，不断动脑动手才能让自己成为心灵手巧的人，下面的这些练习都很有趣，不妨试一试。

本章精彩内容

1. 如何做相框………………………………… 38

2. 如何做属于自己的圣诞节礼炮……… 41

3. 藏好你的小秘密……………………… 44

4. 美味的床上早餐……………………… 45

5. 美味的什锦麦片粥…………………… 47

6. 巧克力布朗宁蛋糕 ………………… 48

7. 做纸花…………………………………… 49

8. 直升机起飞…………………………… 50

9. 用皮纳塔装点节日…………………… 52

10. 巧克力核桃软糖 ………………… 54

11. 手工盒子 ………………………… 55

12. 纸牌搭房子 ……………………… 57

13. 漂亮的香皂 ……………………… 58

14. 跳房子 …………………………… 60

15. 自制汽水 ………………………… 63

16. 背包闪闪亮 ……………………… 64

17. 花样跳绳 ………………………… 66

18. 打水漂 …………………………… 68

19. 茶叶占卜 ………………………… 69

20. 美甲 ……………………………… 70

如何做相框

干吗不为心爱的照片做个特别的相框呢?

你需要

两张厚纸(旧纸盒就挺好)

铅笔　橡皮

剪刀　报纸

100毫升水和100毫升白乳胶的混合液

画笔　胶水　广告颜料

装饰品(如假珠宝、贝壳)

糖果　蛋糕装饰

一张透明塑料纸(文具店有售)胶带

做法

1.将照片放到你用来做相框的卡纸上,然后沿着照片外围把轮廓描下来。然后在画出的长方形里再画一个较小的长方形,每一边的长度约比外面长方形的边长少0.5厘米。

2.再在两个方形的外面画出一个方形，三个方形要在同一中心点上。这是你能看见的相框部分，所以要尽量地画得很大。

3.剪下最小的方形，最外面方形的周围部分也剪去不要。现在，你手里剩下的就是一个卡纸框（要把中间部分剪掉的时候，如果觉得很棘手，请大人来帮你吧）。

4.在另一张卡纸上，描出纸框的外轮廓。然后依轮廓线剪去周围多余部分。

5.为了让你的相框看起来更厚一点，可以把报纸撕成条状，浸上白乳胶混合液，再盖上相框。等到白乳胶干燥以后，就加上第二层纸条。至少粘上4层才有足够的厚度。

6.等最上面一层的报纸也完全干燥以后，刷上稀释的胶液，放到一个干燥的地方晾上一夜。

7.现在开始描绘你的相框。

8.准备好你选择的装饰品，然后蘸上胶水。装饰品和照片最好能彼此搭配。粘上以后，再加上一层未稀释的乳胶以便粘得更牢，然后再把这些装饰品都擦得闪闪发亮。

9.把透明纸剪成方形，每条边的长度都要比相框的内边长约1厘米，将透明纸的底边折一下（这样好把照片放进去）。然后再用胶带把折出的边固定在相框背面。

10.将相框的前后两片粘在一起，注意只能粘上3条边。如果上面那条边也粘上了，就没法把照片放进去了。

11.把照片放到相框里。完成以后放到窗台上。

如何做属于自己的圣诞节礼炮

圣诞节的时候，每个人都会很高兴地拉响礼炮，可是如果里面只是平淡无奇的礼物，就会让人发出失望的叹息。其实这玩意儿很好做，你还可以把自己喜欢的东西放在里面。现在，让我们去做一个试试看吧。

你需要

包装纸　剪刀　两个纸巾卷筒

硬纸条（可以用硬板包装盒的纸）

（译注：这种硬纸条最好在图上标注一下，

看样子很特殊，但用途就是用来让整个礼炮可以直直地立起来）

胶水或者胶布　缎带

你想放在糖果盒里的好东西

做法

1.将包装纸剪成长方形——长度相当于卷筒长度的2.5倍，宽度约为纸巾卷筒周长的1.5倍。准备好以后，把包装纸平铺在桌面上，有花的一面朝下。

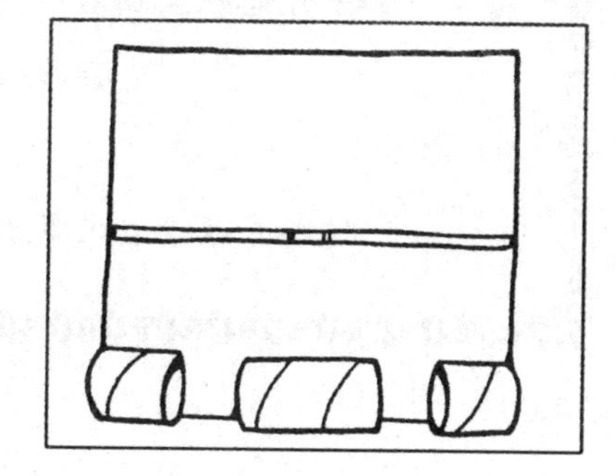

2.把一个卷筒从中平分成两段。接着如图所示，把分开的卷筒放在包装纸长边的两端，再将另一个卷筒放在中间，两端距离两边的卷筒大约5厘米。完成这一切后，把硬纸条放在包装纸中间。

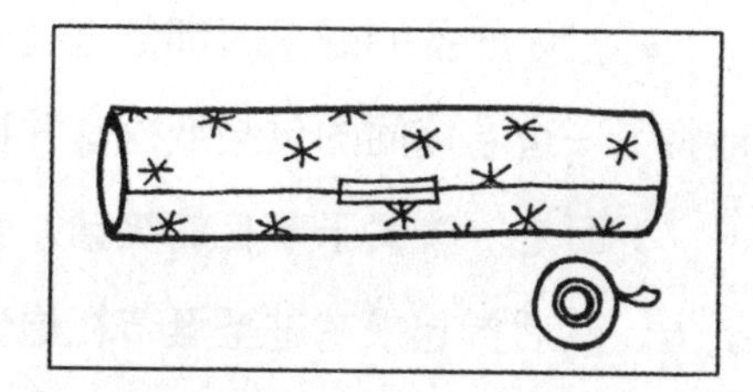

3.用包装纸把卷纸筒裹起来，并

用胶带或者胶水粘上。

4.小心地把两段塑料管之间的包装纸捏紧，并用缎带绑扎起来。

5.把你准备的好东西放进有开口的卷筒里。注意，不要放太重的东西哦。

可以装进礼炮里的好东西

写满冷笑话的纸条（见下页的例子）

一顶纸做的皇冠、很小的钢笔、铅笔或是橡皮

一小袋香波、泡泡浴精、或是润肤霜（这些东西杂志会免费赠送）

发带或发夹

糖果（如果你想在里面放巧克力，那可得注意别把你的礼炮放在温度较高的地方）

一只气球、亮片或是彩纸屑

（这些东西会让礼炮在打开的那一刹那耀眼夺目）

6.把你准备的好东西都装进礼炮（注意，别被人看见了）以后，小心地将另一边卷筒间的包装纸捏紧并用缎带牢牢绑好。

下面是一些关于节日的笑话，会让你笑得抽筋。你可以把它们都写到纸上，然后折起来塞进圣诞节礼炮里。

哪一只圣诞老人的驯鹿会跳得比房子还高？

每一只都比房子跳得高——房子又不会跳。

如果你吃下了圣诞装饰品，会发生什么事情呢？

你吃到了金箔。

猴子最喜欢的圣诞歌是哪一首？

《铃儿响叮当》

雪人怎么四处乱走？

用冰柱

圣诞老人最喜欢什么比萨？

只要够大够新鲜，他都喜欢

火鸡的哪一边羽毛更多？

身体外边。

藏好你的小秘密

每个女孩都会有一两个秘密日记本。教你一个简单的法子，把你的秘密稳妥地藏在众目睽睽之下。

你需要

一个大大的有盖玻璃罐

一个纸巾筒　一把剪刀

一些纽扣或者小珠子

做法

1. 将纸巾筒放在罐子里，在齐罐口高的部位做上记号。

2. 沿记号下2厘米处，剪去纸巾筒的上段。

3. 把纸巾筒再次放进罐子，注意卷筒的顶部应比罐口略低，这样才能把盖盖上。

4. 在卷筒周围放上纽扣、珠子以及其他小玩意儿，让这些东西把卷筒遮住。

5. 把你的小本本藏在卷筒里，再盖上盖子。这下，你的秘密可是高枕无忧了。

美味的床上早餐

如果想用特殊的方式表达对爸爸妈妈的孝心——那就在母亲节或者父亲节——送上一顿丰富的早餐吧！他们一定会很开心。

你需要

托盘 茶巾

陶器以及其他餐具 餐巾

穆兹利 牛奶

各种水果 酸奶

玻璃杯 果汁

吐司 黄油 果酱或者蜂蜜

一杯咖啡

一朵鲜花

要做的事情

1. 在托盘里铺上漂亮的茶巾作为装饰（这样也能防止托盘里的东西滑动），然后再放上你能拿到的家里最好看的陶器、餐具、餐巾和玻璃杯。

2. 再将一碗穆兹利和一小罐牛奶放到托盘中，你可以照着前文的方法做独家风味的穆兹利（见第25页）。如果爸爸妈妈不喜欢吃穆兹利，水果沙拉也是不错的选择。把你能找到的水果都切成小块，再放进碗里——香蕉、苹果、橘子、覆盆子以及草莓或蓝莓，再浇上一团酸奶。

3. 倒上一满杯果汁，也放进托盘里。

4. 切两片吐司，然后沿对角线切成两半，加上一点儿黄油后装盘，还可以加上一小罐果酱或是蜂蜜。

5. 别忘了倒上一杯热茶，花草茶或者咖啡都很好（你还要记得看看罐子里是不是有很多牛奶，这样爸爸妈妈可以加一点到自己的茶饮中）。

6. 最后，放上一朵你精心挑选的鲜花吧。

重要提示：早餐时，爸爸妈妈可能想看看报纸或杂志。

美味的什锦麦片粥

给自己做一餐穆兹利（一种瑞士风味的什锦麦片粥，供早餐食用）——一顿美味、健康又简单易做的早餐。试试下面的烹饪方法，还可以根据自己的口味做一些调整。

你需要

400克燕麦片

50克小麦麸

50克燕麦麸

150克你喜欢的各色干果

——比如葡萄干、曼越橘干、杏干或无籽提子干

50克杏仁吐司碎片

25克核桃

25克葵瓜子

25克椰蓉

做法

1. 把所有的材料放进一个大碗，将其混合，这就是穆兹利了。
2. 可以干吃，也可以下牛奶，还可以混在牛奶或酸奶里吃。
3. 穆兹利应当保存在密封的容器中，可以存放一个月。

重要提示：在穆兹利中加点肉桂粉或者蜂蜜，会更加美味。吃时加上切成片的香蕉或者其他新鲜水果也很好吃。

巧克力布朗宁蛋糕

要做出完美的布朗宁蛋糕，需要一个通宵的时间——这样才会有脆脆的外壳，蜜糖被包裹在其中，还有一层一层的巧克力。

你需要（16人份）

100克纯黑巧克力　100克新鲜黄油（室温融化）

200克细白砂糖　2个大鸡蛋（将其打好）

50克中筋面粉　25克可可粉　1茶匙盐

1茶匙发酵粉　100克磨碎的胡桃仁

做法

1.将烤箱预热到180℃或煤气第四挡。

2.巧克力切成小块，再切成小片。用小火加热融化黄油，加入巧克力慢慢搅拌（最好请父母帮你加热，稍后用烤箱的时候也一样）。

3.巧克力融化以后，把锅从火上端开，加入砂糖搅匀。

4.打破鸡蛋放在小碗中，用叉子或搅拌器使劲搅动——这就是所谓的“打鸡蛋”。然后把打好的鸡蛋加进巧克力混合液里再搅拌。

5.加上面粉、可可粉、盐和发酵粉继续搅拌。

6.加入胡桃仁搅匀。

7.取一个直径20厘米的烤盘，铺上刷好油的锡箔，再把混合物倒进烤盘中。注意超出烤盘边缘的锡箔纸要剪掉。

8.戴上隔热手套，把烤盘放进烤箱中，25分钟后待布朗宁混合物已经凝固，且表面隆起后取出。烤箱与烤箱之间有一些细微的差别，因此最好一直看着，免得布朗宁蛋糕被烤焦。

9.烤好的蛋糕冷却后，均匀地切成16份，与你的家人或朋友一起享用吧。

做纸花

纸花简单易做，却赏心悦目，更是礼品包装的绝佳装饰物。

你需要

4张彩色皱纹纸，15厘米长，8厘米宽

剪刀

一根长棉线

做法

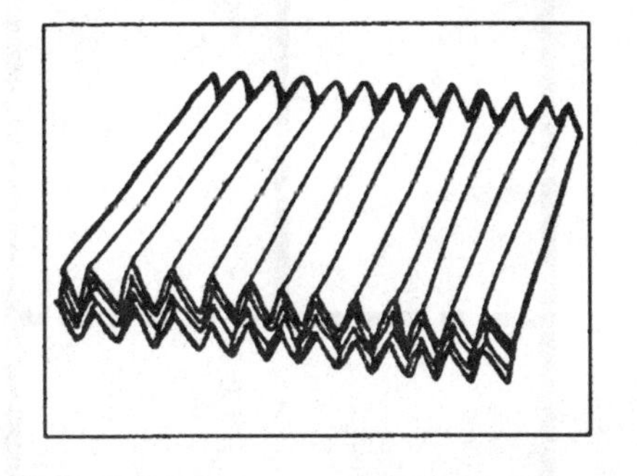

1.将4张纸重叠平铺，然后把它们叠成“手风琴”状（先将一条边向里叠1厘米，然后反面再向里叠1厘米，如此反复叠完整张纸）。

2.将叠好的纸条两端剪成弧形。

3.手指捏紧纸条中间，然后用棉线紧紧绑住。纸条两端呈现折扇状。

4.小心地将4层皱纹纸分开，然后拉伸它们，使它看起来像一朵盛开的花。

直升机起飞

用纸做一架直升机，可不是一件容易的事儿，但是要比做一架纸飞机好玩得多。

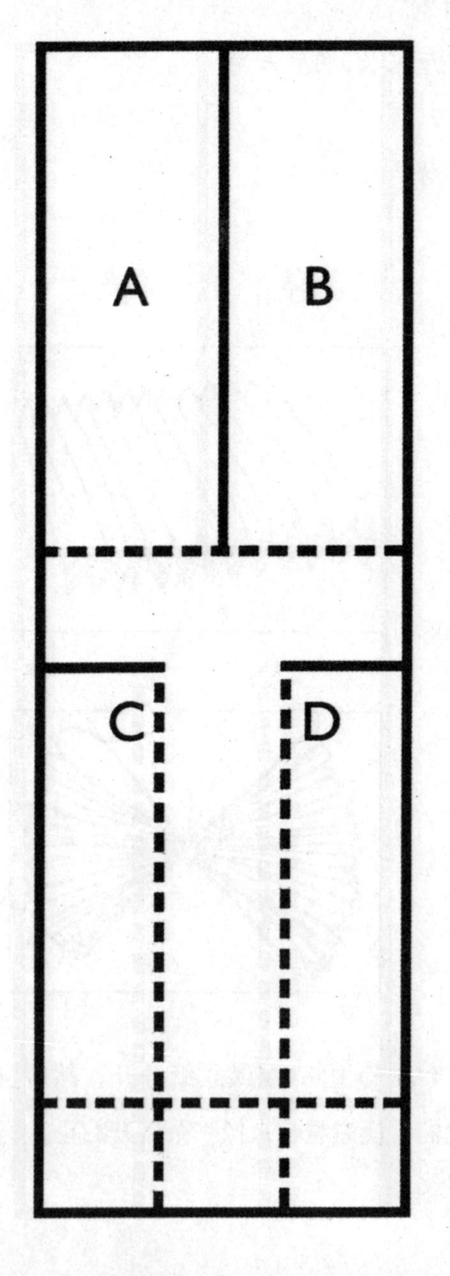

你需要

纸　笔　尺子

剪刀　曲别针

做法

1.在纸上画出左边的图样。实线是剪切线，虚线是折叠线。

2.沿最外围的实线把图样剪下。其他的实线部分也剪开。

3.沿着距离底部16毫米处的虚线折纸。

4.沿着标记有C的虚线折纸。

5.把纸片翻面，沿“D”虚线折纸。

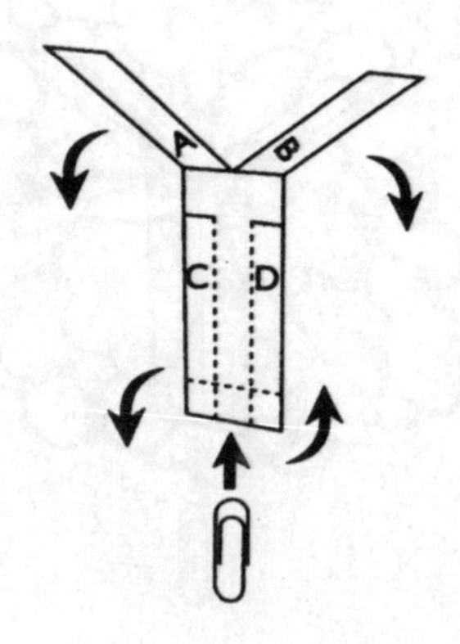

6.如图所示，将曲别针别在叠好的直升机底部。

7.把A和B两个部分分别向不同方向折叠。

好，现在让直升机起飞吧。底部朝下地扔向空中，这样，飞机就会在空中转圈了。

叫上你的朋友一块儿来做直升机，然后再比比谁的飞机在空中飞得最久。

另外，还可以在纸上画出一个目标。做法是先把餐盘放到纸上，然后沿着餐盘四周画出线来。飞机落到线框里，得分50；落到线框外的纸上，得分25。现在，把纸放在地板上，开始起飞吧！看看你和朋友谁能得到50分。

用皮纳塔装点节日

来一场墨西哥式狂欢吧。而墨西哥式的狂欢又怎么能少了皮纳塔呢？这是一种装满糖果和小礼品的节日装饰。一个晚会最精彩的时候，就是打碎皮纳塔给大家分礼物。

你需要

1只气球

至少60厘米长的粗线1根

旧报纸 笔

乳胶溶液（用250毫升水和250毫升白乳胶混合）

1颗钉子 1把剪刀

胶带 4张A4大小的卡纸

回形针 水粉颜料

眼罩 棍子 包装纸

做法

1.吹胀气球，然后把口扎住。再将气球放到一个小碗中固定。

2.把报纸撕成条状，蘸上乳胶溶液后贴到气球上，整个气球都要贴上报纸。乳胶干了后，再覆上一层报纸，一共要粘上5层报纸。

3.最后一层干了以后，再刷上一层稀释的乳胶，然后将气球放置一整夜，等其完全干燥。

4.用别针刺破气球。再从纸壳上剪下一小块，取出气球。再看看你的皮纳塔里面是否也已经干了。接着把糖果装进纸壳里，要装得满满的，最后用胶带把剪下的部分粘上。

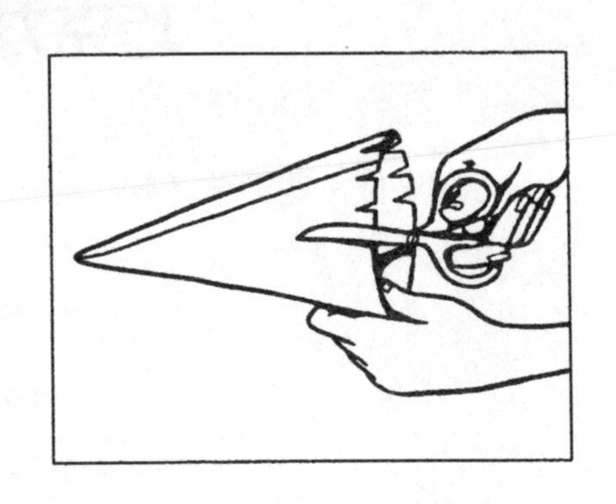

5.把卡纸卷成圆锥状，然后用乳胶把边粘上（在乳胶未干时，一定要用回形针来固定）。再剪去圆锥的底边多余的三角形。一共要这样做出5个圆锥。

6.把圆锥底边剪成锯齿状，每个齿约深1厘米，然后再将剪出的锯齿向外折，并在向下的一面涂上乳胶，然后粘到皮纳塔上。加上了角的皮纳塔，呈五角星状。你得把它们都粘得牢牢的。

7.皮纳塔干了以后，给它涂上漂亮的颜色。

重要提示

标准的墨西哥风格的皮纳塔，会用彩条来装饰。把包装纸剪成1厘米宽的长条，揉皱后粘在皮纳塔的5个角上。

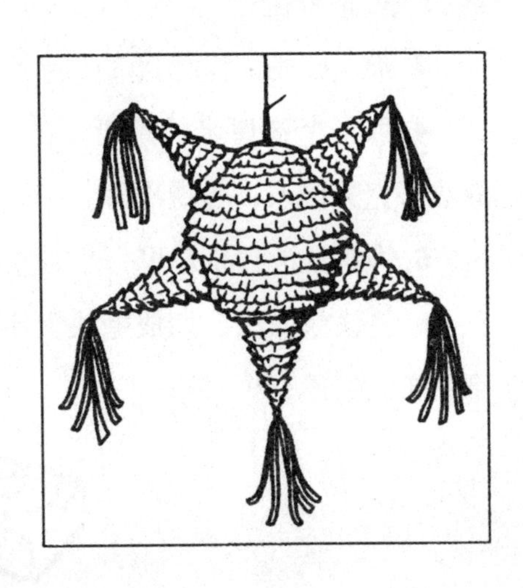

打破

用剪刀在皮纳塔的顶部扎一个小洞，穿进绳子，再挂到树枝上或者晾衣竿上。然后每个人轮流蒙着眼去敲打皮纳塔，直到打破为止。

巧克力核桃软糖

一起来做一些简单又好吃的巧克力糖果吧。

你需要

450克黑巧克力

75克新鲜黄油（室温融化）

400克甜炼乳

1/2茶匙香草香精

100克碎核桃仁

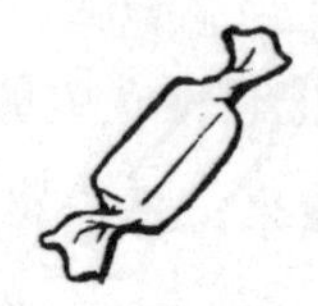

做法

1.将巧克力切成小块，再连同黄油和炼乳一起放到锅中用小火加热直至溶化。加热过程中要不停搅拌，防止烧焦。你可以请大人来帮忙，这样就不用担心你的小手指了。

2.巧克力完全融化后，停止加热。再加入香草香精。

3.加入核桃仁搅拌。

4.取一个20厘米的烤盘，把融化好的热巧克力倒入，等待冷却。

5.将烤盘放到冰箱里一小时左右，盘内的东西凝固后即可取出。

6.将软糖取出，切成糖块大小，然后用纸分别包上。这样，想吃时就可以随便吃了。

手工盒子

这个小盒子非常可爱，可以用来装装别针、小珠子、糖果什么的。这盒子做起来也很简单，你需要的不过一张纸而已，但用厚纸就会有点小麻烦。

做法

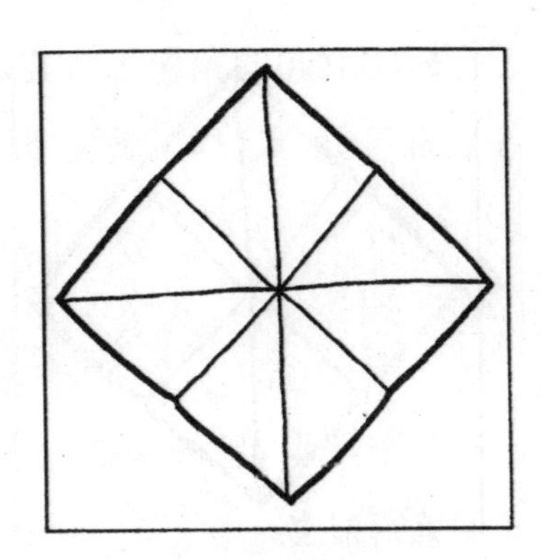

1.将纸对折，然后打开，换一个方向再次对折。每对折一次，纸上就多一条折痕。

2.再次将纸对角对折，打开后又换方向对角对折。

3.打开纸，把4个角对准纸中心折叠。

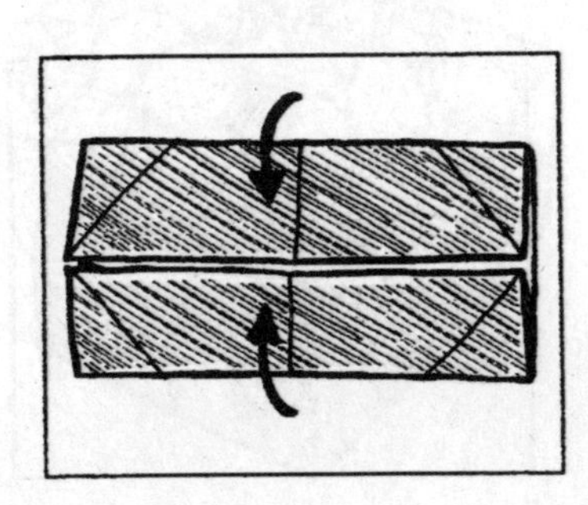

4.再将两条边对准中心线折叠，然后打开。换个方向再以同样方式折叠，打开。这样就把盒子的边线折出来了。

5.如图所示，打开折叠的两个对角。将打开来的边与折叠对角后形成的三角形边相交的角往里面推，以便交错折叠。另一侧也同样处理。

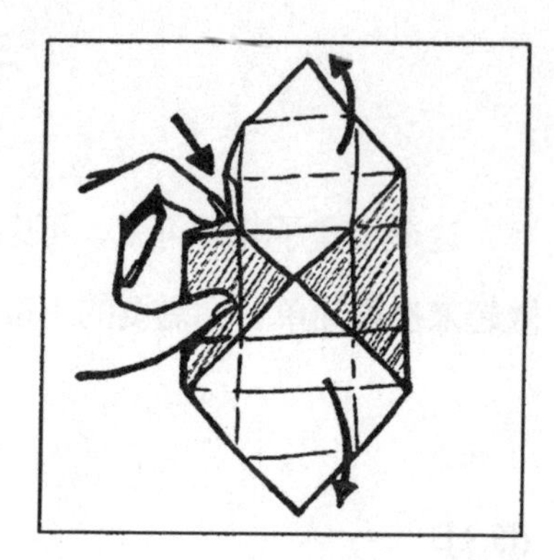

6.将立起的角向下折叠，与盒子底部重叠，这样，就完成了盒子的3个面。

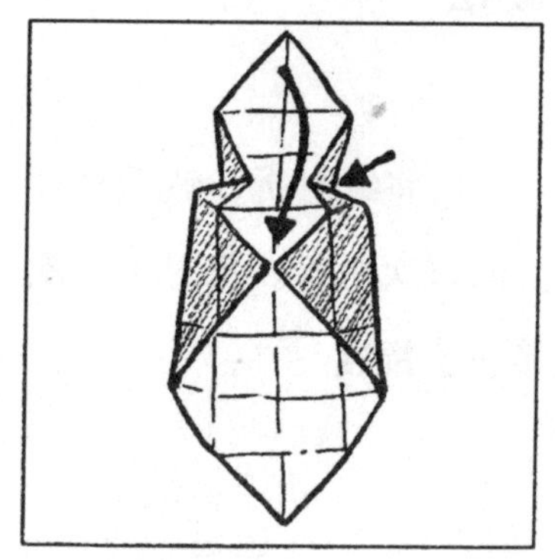

7.重复步骤5和步骤6，完成盒子的第四条边。

8.重复步骤1至步骤6，给盒子做一个盖子。每条边的长度应比第一个盒子的边约长0.5厘米。

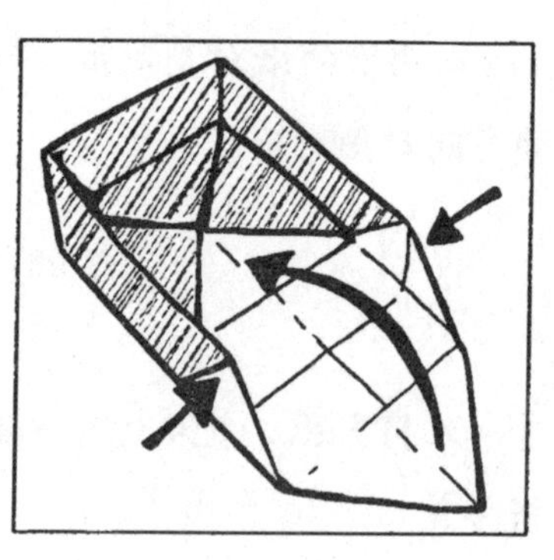

重要提示

用旧贺卡来做盒子非常好。正面做盒盖，背面做盒底。

纸牌搭房子

雨天的下午，你试过做什么事情吗？如果你有耐心，手又灵巧，干吗不用纸牌搭个房子呢？所需的不过就是一副牌和一间不通风的房间。

建筑大师

1.找一个平整但不光滑的地方——最好是地毯上。然后拿出一副旧扑克牌——新牌的特点是闪光而且光滑，造房子却不如旧牌好用。

2.将两张牌斜靠在一起——短边朝上——组成一个倒着写的“V”，看起来像一个帐篷。纸牌的底边相距约三个指头宽。整个纸牌房子都由这样的基本形状构成。

3.在第一个纸牌帐篷的旁边再搭建一个同样的小帐篷。

4.水平放置一张纸牌在两个小帐篷的顶端，好搭建房子的第二层。

5.在做好的房子底部再搭建一个帐篷。可是，一个凡事追求完美的女孩会想要建造一个较大的、出人意料之外的纸牌房子。那么，你要做的是一个三层以上的纸牌房子。

足够的耐心必不可少，还有，不要以为自己第一次就能成为建筑大师。

警告

没有自尊心的纸牌房子建筑师也许会作弊。房子之所以矗立，是因为你卓越的平衡技巧，而不是你用胶带把它们粘在一起。

漂亮的香皂

异形香皂是很可爱的小礼物，而且非常容易做。自己动手的话，还能做出非常别致的好东西来。下面，就告诉你一个做漂亮香皂的简单方法，你还可以加入自己喜欢的香味，设计出好看的形状。

你需要

一块普通甘油皂　奶酪刨丝器

一个可以放进微波炉里的罐子

食用色素，选你喜欢的颜色　汤勺

香精油　香皂模具

（可以去商店买，或者用冰格

——它们各种形状的都有，是很有趣的香皂模）

做法

1. 把甘油皂切或者用刨丝器刨成碎屑（如果不想你的手指头受伤，那就请大人帮帮忙吧），然后把皂屑放到罐子，再请大人帮你把罐子放到微波炉里，用高火加热一分钟。

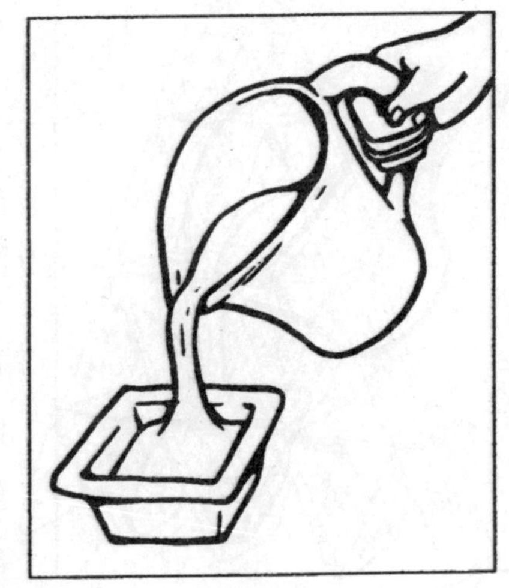

2. 戴上隔热手套，把罐子从微波炉里拿出来。在熔化的甘油皂里加入几滴食用色素，然后再搅拌均匀。

3. 加入几滴香精油，可以试试熏衣草油或是茶树油，天竺葵和橘子油也很好，橘子和柠檬也不错，要不就试试熏衣草油、天竺葵油，再加上佛

手柑油。

4. 使劲搅拌罐子里的东西，然后把它们倒进模子里，过上一个小时冷却以后，你就可以把你的异形香皂取出来了。

特别提示：试着做一个七彩的香皂吧！首先把加进颜色的皂液倒一点进香皂模，冷却后再加上另一种颜色的皂液，然后等待它冷却再如法炮制，加上别的颜色，直至整个模具装满皂液为止。此外，你还可以在皂液里加上闪粉。

跳房子

很久很久以前，女孩们就开始玩跳房子游戏了。这游戏又好玩又简单，2~4个人都可以参与。而且跳啊蹦啊，还能帮你保持身材。

如下图所示，在一块平整的地上画上一个方形，然后再画上两个方形，这样交错着画上9个，最顶端的第10个画成半圆形。只要有粉笔，你就可以随时玩这个游戏。此外，如果你家附近的空地上铺了地砖，可以利用拼出的图案来玩跳房子。

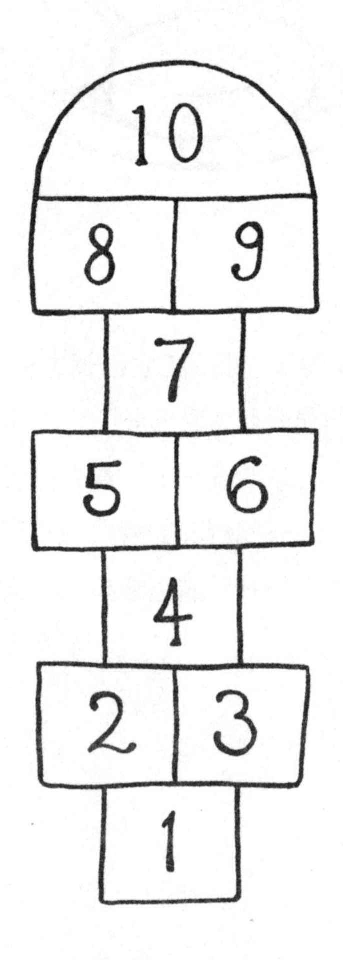

你需要

粉笔　一块小石子

可以玩游戏的平整空地

玩法

1. 画“跳房子”的图案，坚硬的地面上用粉笔画，软泥地上可以用木棍画。

2. 给格子编号，从下至上在方格里写上数字1～9，最顶端的格子里写上10。

3. 游戏开始，把石子扔进1号方格。你得把石头扔在方格中央，如果石头碰着格子的边线，这个回合就算你输了。

4. 单跳进放有石子的方格里，然后再次起跳，落地的时候左脚踩在2号方格里，右脚在3号。如此继续，单脚和双脚交替起跳，直到你跳进顶端的10号格子。然后转身（注意平衡你的身体）返回到你的石头那里去。停在2号和3号格子处捡起你的石子，最后跳进1号格，这一轮回合就算完成。

5. 如果你踩线了，或是失去平衡，又或者没有跳进格子里，那一回合都算你输，得重头再来。

6. 如果每一回合你都胜利，那就把石子扔到下一个格子中继续。第二个回合从2号格子开始，单足跳过1号、3号和4号格子。

提示：找一块特殊一点的石子，有较大的平整面它就不会滚动，当然，你还得好好练习一下掷石子。

自制汽水

把自己做的发泡粉加进喜欢的果汁当中，就可以享用独一无二的饮料了。

你需要

6茶匙柠檬酸粉末（药店里有卖）

3茶匙小苏打

2餐匙糖粉

你喜欢的果汁

做法

把所有的干粉放到碗里混合。然后舀2茶匙混合好的粉末到玻璃杯中，再加上果汁。这样就做好了，够简单吧！

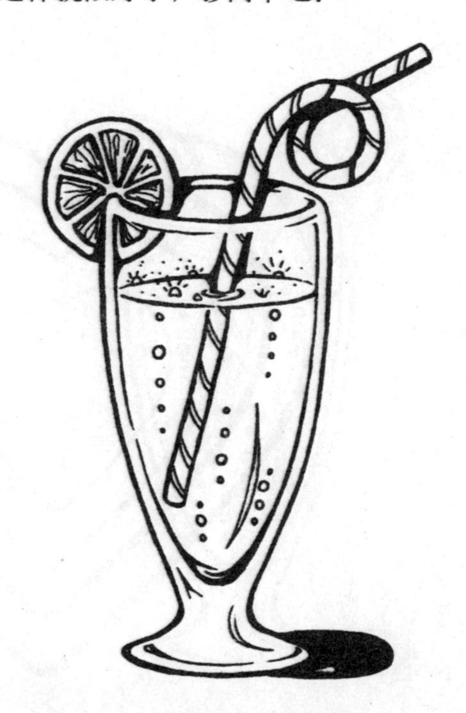

背包闪闪亮

动手自己设计，让你的背包变得闪亮又新潮吧。

心的感觉

你会喜欢灿烂的心形……

你需要

铅笔 白纸若干

彩色泡沫纸或毛毡

剪刀 乳胶

假珠宝

双面胶

做法

1.在纸上画出一些不同大小的心形，再把它们剪下来。

2.在泡沫纸上把心形的纸模型描下来。画在颜色不同的纸上，然后再把它们一一剪下，注意颜色搭配哦。

3.在最大的心形泡沫纸中间涂上乳胶，然后粘上次大的心

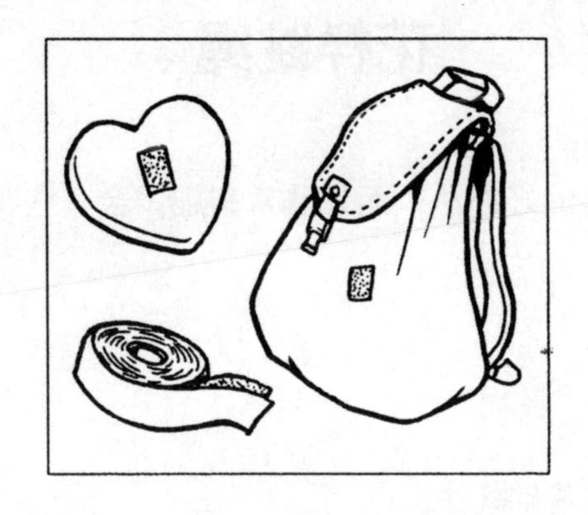

形。由大到小依次把心形粘上，然后在最上面一层的心形上加上几颗假钻石吧。

4.用双面胶把心形泡沫贴在背包上——这样就天衣无缝了。

提示：还可以设计别的图案，如星形、花朵或是动物的形状等等。

花样跳绳

跳绳是保持身材的好办法，而且非常有趣。会一些花样，能赢得朋友的热烈赞赏。

基础跳法

首先来练习一些基础跳法。

正摇跳

绳子从后往前甩。

双摇跳

高高跳起来的瞬间，绳子从后向前甩上两圈。

单脚轮换跳

右脚先着地，第二次换左脚着地。

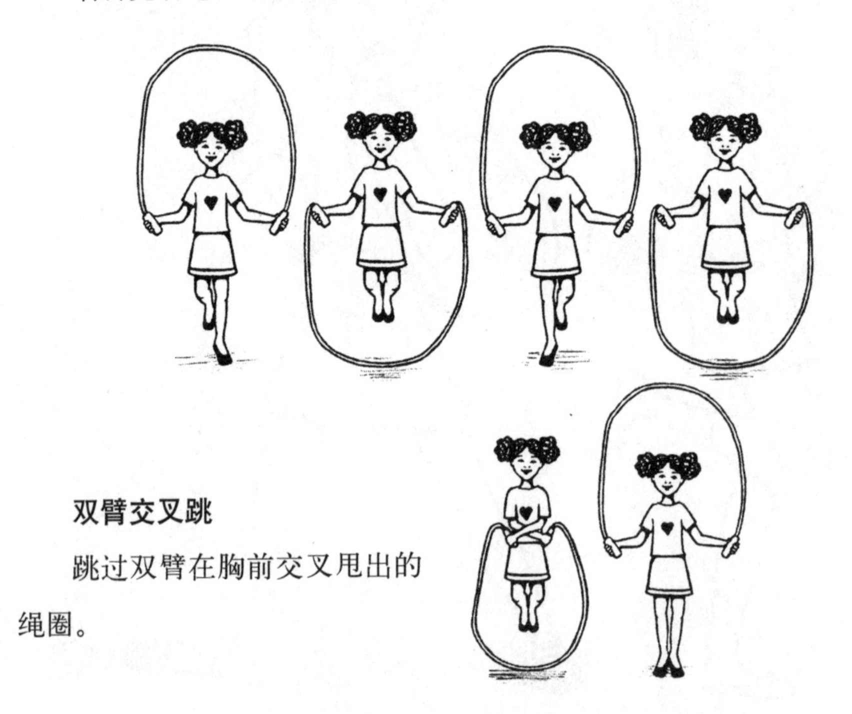

双臂交叉跳

跳过双臂在胸前交叉甩出的绳圈。

障碍跳

第一次着地时膝盖向右，下一次着地时膝盖向左——就像在滑雪障碍赛中躲避障碍物一样。

单双脚轮换跳

第一次单脚着地，第二次双脚着地，然后又是单脚着地。

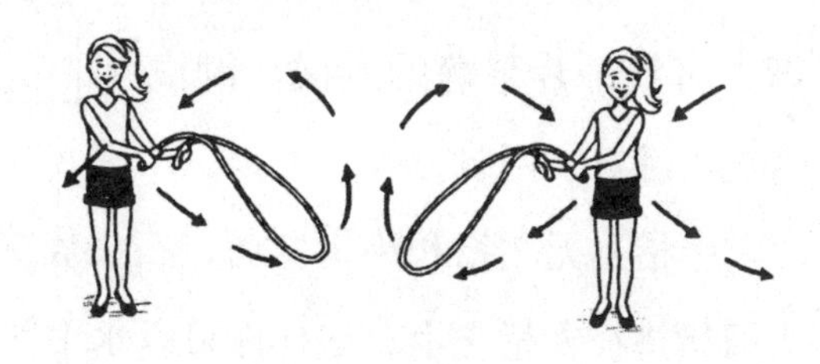

8字跳

站立挥动绳子，在身前画出一个“8”字形。

均衡跳

右膝抬起，右手垂至膝下，然后甩动绳圈起跳——跳过绳圈起来后左脚着地。然后换右脚站立，左膝抬起，左手垂至膝下。

花样跳法

掌握那些基本跳法以后，就可以把它们组合起来完成一个花式跳绳了：

5次双摇跳，5次正摇跳，10次单脚轮换跳，5次“8”字跳，2次双臂交叉跳，5次单双脚轮换跳，2次均衡跳。

再试试创造一个自己独有的花样跳绳吧。

打水漂

扔出的石头，在湖面或河面上跳跃前行，可是需要本事的。经过练习，你就有希望打破目前的世界纪录：51次跳跃。

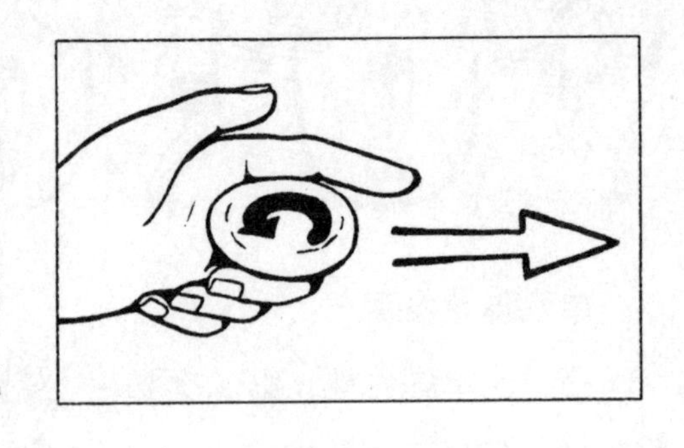

选一块比手掌小的扁平鹅卵石，再找一片平静的水域，湖或者池塘都行。两脚分开，半蹲。

中指、无名指和小指弯曲，石头放在中指指侧，食指靠在卵石边缘，大拇指搭在食指之上。这样你可以水平地扔出石头。

手臂先向后然后向前挥出，用你的手腕和食指让石头飞起来，并在空中旋转。你需要尽可能地把石头扔出很远，而且要与水面平行。如果你想做得很棒，最好让石头与水面形成约20° 的夹角。石头的前端略高于后，这样就能更好地在水面跳跃。

茶叶占卜

许多人说，通过茶杯里的茶叶图案，能预知未来。现在，大部分人都用茶包泡茶，不过要想试试预言未来，也可以去买点散装茶叶，或者直接把茶包剪开好了。

冲泡未来

1.用一个白瓷杯装茶，这样容易把茶叶看清楚。

2.冲水，记得别用茶叶过滤器。泡好以后喝下，也别喝光了，留一点在杯底。

3.左手拿茶杯，顺时针方向转动3次。然后把杯子放到托盘上，7秒钟后倒掉杯中的液体，再把茶杯向右转动一次。

4.拿起茶杯朝里看——看见什么图案或形状了？小鸟意味着自由，鞋子则说明你可能要出发去度假。

不要以为你的预言任何时候都会成真，也许你看到的不过是湿淋淋的茶叶而已。

美甲

每个女孩都想拥有一双纤纤玉手。每一个特别的时刻，你都可以做一个特别的美甲装扮，让看见的人发出“哇”和“真酷”的惊叹。

你需要

一碗热肥皂水　指甲刷　指甲钳

指甲锉刀　棉签

洗甲水

棉球　牙签

各色指甲油（包括透明指甲油）

做法

1.肥皂水浸手指10分钟，清洁指甲而且可以柔软手指上的皮肤（主要是指甲周围）。用指甲刷刷洗指甲，然后等指甲完全干燥。

2.用指甲钳把每个指甲剪齐，再用锉刀锉平。每个指甲形状都要相似——可以是方形、椭圆形或是“方形圆头”状（这里说的是指甲上部的边缘部分的形状）。锉完以后，再次清洁指甲并让其干燥。

3.选择一种颜色鲜亮的指甲油——宝石红或者浅莲红都很好看。握住指甲油瓶，用手心加热——这样会让指甲油的颜色更加明亮。

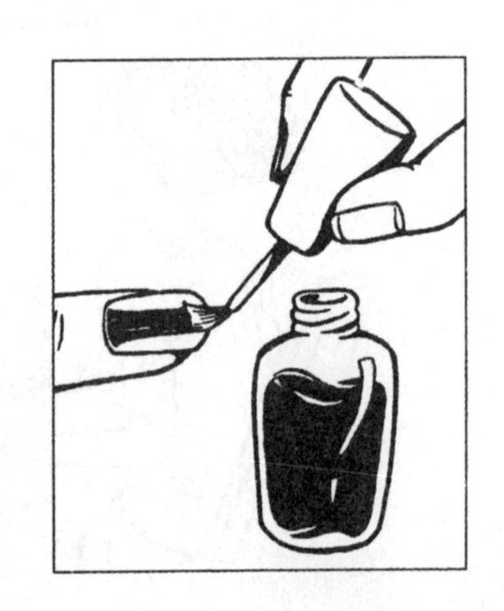

4.蘸上少量指甲油，小心地在瓶口刷去多余的部分。首先把指甲油涂在指甲中间，然后涂在指甲的其他部分。多涂几次就会越来越熟练，但得记得要用好一点的刷子。还要准备洗甲水和较小的棉签，用来修正涂错了的地方。

5.第一层完全干了以后，涂上第二层指甲油。

6.第二层指甲油干了以后，用牙签蘸上少许浅色的指甲油在指甲上画图案——白色或淡粉色都很好。可以画一个简单的图案，如由7个点组成的小花或是一颗心——下面图中有许多图案可以供你选择。做这件事情之前，你的手得很稳当，最好还练习过很多次（在你画自己的指甲之前，可以在报纸上设计和练习画图）。然后再用牙签蘸上指甲油画图吧。

7.指甲完全干了以后，可以涂上一层透明指甲油保护画好的图案。

提示

想让指甲油快点儿干，可以把手指放进冰水里，或是用电吹风的冷风挡吹干。

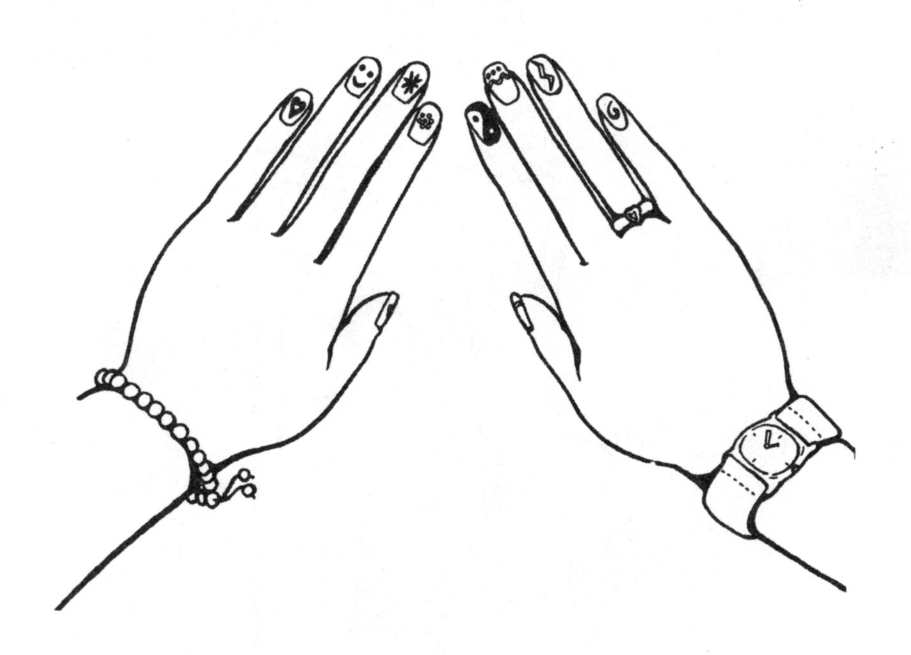

三　学习能力训练

如果你还在死记硬背，那不叫学习。学习应该充满乐趣，而且不仅仅限于书本的知识，比如：创建一套属于自己的记忆法、用最巧妙的方法测量树的高度……

本章精彩内容

1. 创建自己的联想记忆法 ………………… 74
2. 如何计算小狗的“人类年龄” ……… 75
3. 拼写测验 ………………………………… 76
4. 计算罗马数字 …………………………… 78
5. 指纹采集 ………………………………… 79
6. 变废为宝的造纸术 ……………………… 81
7. 用10种语言说“生日快乐” ………… 83
8. 自制钟乳石 ……………………………… 84
9. 巧测树的高度 …………………………… 86
10. 利用静电制造闪电 …………………… 87

创建自己的联想记忆法

太阳系里有九大行星，对吗？错啦！2006年，冥王星被降级成为“矮行星”了，所以现在太阳系里只有八大行星。

距离太阳由近至远，它们依次是：

水星、金星、地球、火星、木星、土星、天王星、海王星

下面这句话可以帮助你熟记它们：

水金地火木土天，海王冥王绕外边；

唯有地球生物现，温气液水是由缘

第一句的每个字都是行星名字的第一个字，这样是不是很好记？这种方法叫做“联想记忆法”。

现在，你可以试试自己创造一种联想记忆法了。

如何计算小狗的“人类年龄”

也许，狗是女孩儿最好的朋友，但是你的狗狗朋友会比你成长得快那么一点儿。下面，就来介绍几种能够精确计算狗狗“人类年龄”的方法。

有一种普遍的观点认为，一岁的小狗相当于一个7岁的人类孩子。可是一岁大的狗，对比人类来说，更像是一个少年，而且已经足够大了——完全不是一个7岁大的小孩儿。

还有一种更精确的说法，认为狗的平均年龄大约是12岁，因此可以推测出狗的一岁基本等同于人的15岁，它们的两岁则相当于人类在15岁的基础上再加10岁，以后狗狗每长一岁，就相当于人类长5岁。

重要提示

不同种类的狗，寿命可能长或短于12年，因此在计算的时候还需要做一些细微的调整。对于寿命较长的狗，只要相应地在狗的年龄上加上15、10或者3就能正确计算出狗狗的年龄（如狮子狗或者小型的达克斯猎狗）；而寿命较短的狗，则应该分别加上15、10以及7来计算（例如爱尔兰狼狗和大丹）。

拼写测验

学英语最难的部分是拼写，因为它不遵循简单的规则集合（当然啦，也不都是这样）。在做练习，或是拼写测验的时候，电脑上的拼写检查器并不能派上多大用场。学会熟练拼写，没有捷径可走，但是，可以有一些好方法。

多读——书籍、报纸、漫画，一切你随手可得的可供阅读的东西。注意纸上的单词的“模样”，这样如果把它们写错了，你就会知道。如果你遇到一个从来没有写过的单词，那就记住它。采用“看、背、合上书（报）、默写和检查”这样的程序：先好好看一个单词，然后想想它是怎么拼写的，接着把它遮住，然后试试能不能默写出——最后，再检查写出来的词是否正确。

拼字游戏是一种能提高你拼写水平的好办法，可以玩玩“刽子手”、纵横字谜或“单词大搜查”等游戏。

学习拼写规则，例如“通常i都写在e前面，但是i在c后面就不是

这样”。不过，也得记住一些例外情况（要知道凡事都会有例外——neighbour，height和weird这几个单词就是）。

如果你老是出错，为什么不试试用助记符号（记忆辅助工具）呢？举个例子，记住“There's A RAT in sepATATe.”

快速测验

如果想对某个人进行测验，来试试这些词：

1.Consensus 2.Embarrass 3.Focused 4.Foreign 5.Inoculate 6.Liaison 7.Liquefy 8.Phlegm 9.Supersede 10.Unnecessary

计算罗马数字

罗马人精于很多事情，可是他们的数字系统非常麻烦。如果你是个古代的罗马人，下面这些东西是你必须掌握的：

I（unus）=1

所有的数字都是用这些字母来书写的。例如，1、2、3的罗马数字写法就是I、II、III。

如果前面的数字大于后面的数字，你就得用加大的数字来减去较小的数字。例如：

IV=5−1=4

如果较大的数字在前，较小的数字在后，你就得把两个数字相加。例如：

VII=5+2=7

更大的数字用数字字母上面加横线的办法来表示，这样表示是原数字的1000倍。例如

$\overline{\mathrm{V}}$=5 000

如果你还是觉得很糊涂，那就多练习几次吧。

指纹采集

想做一次犯罪科学的调查吗？那试试采集指纹吧，可以知道是谁偷吃了饼干，或是偷看了你的秘密日记。

你需要

细粉末（滑石粉或可可粉都很好）

画笔　透明胶带

卡纸

取证

1.所谓的“提取”指纹是说用技术手段将指纹的痕迹拓印。像木头那样粗糙的表面，指纹很难提取，因此，提取指纹的工作通常都在光滑的表面上进行，如镜子或玻璃。

2.轻轻地用画笔把细粉均匀地涂抹到印有指纹的物体表面，再把多余的粉末扫去。用力一定不能太重。

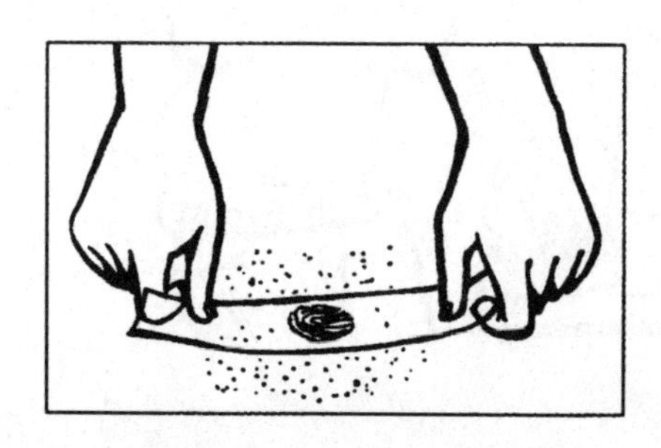

3.如果有很多杂乱无章的指纹，选择其中最清晰的。剪下一段透明胶带贴在上面，注意要贴平整，还得压紧，然后小心翼翼地揭起胶带，这样，胶带上就粘上指纹了。

4.把粘着指纹的胶带贴到卡纸上。

如果你用的是可可粉，那用白色的卡纸；如果用的是滑石粉，就用深色的卡纸。

寻找嫌疑人

现在你需要找出提取的指纹的主人。首先你得弄到你怀疑对象的指纹，那先准备好印泥和白纸吧。

将嫌疑人的每个手指蘸上印泥，然后再印到白纸上。如果只是指尖轻轻地粘了一点印泥，印下的指纹就会很模糊。

每个嫌疑人的指纹都取到后，用放大镜来观看吧，把这些指纹和你在犯罪现场取得的指纹来做做比较。能发现其中有同样的指纹吗？能顺利抓住嫌疑人吗？

变废为宝的造纸术

如果有很多废纸，那来试试用它们造一张纸吧。手工纸可以用来做问候卡或者信纸。

你需要

废纸

（各种纸都可以，无论是彩色还是白色

——纸巾、画纸、包装纸等等，但不能用报纸）

搅拌盆 水 搅拌器

大盆一个 金属衣架

尼龙丝袜（透明的那种）

报纸

做法

1.把废纸撕成小块，用水浸软。

2.把浸湿透的纸放到搅拌器中，加满水，完全搅碎，成为浓稠的纸浆，看起来像粥一样。可以先拿一点来做实验，失败的结果是得到纸和水的混合物。

3.在大盆里加入大约4倍纸浆的水，然后加入纸浆搅拌。除此之外，你还可以加点别的，让你的手工纸更有个性。比如：闪片、干花瓣、剪短的彩线、叶子、种子或食用色素等。

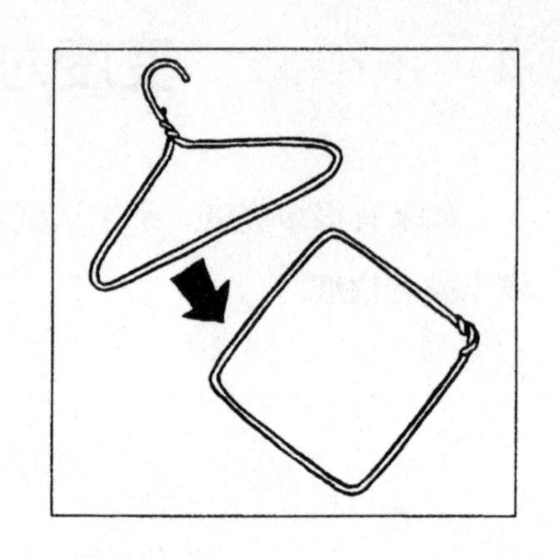

4.把金属衣架弯成长方形——衣架做成的外框就是你的手工纸的形状（请大人来帮你吧，没准儿衣架边缘很锋利）。

5.把丝袜套在框上，两头打结（这些事情你可以自己做）。

6.把框子水平放到大盆里，丝袜上面糊满纸浆以后，小心地拿起来。

7.把框子放到报纸上干燥——还可以把它放到热的地方，例如晾衣橱里，加快干燥。

8.干燥以后，小心地把纸从框子上剥离下来。

试试做不同类型的纸，加上颜色或是其他你需要的效果，都会造出好看的纸来。

用10种语言说“生日快乐”

照着下面做，你就能用10种语言为朋友送上祝福。

孟加拉语

Bengali ... Shubho Jônmodin

丹麦语

Danish ... Tillykke med fødselsdagen

荷兰语

Dutch ... Gelukkige verjaardag

芬兰语

Finnish ... Hyvää syntymäpäivää!

法语

French ... Joyeux anniversaire

日语

German ... Alles Gute zum Geburtstag

夏威夷语

Hawaiian ... Hau'oli Lā Hānau

葡萄牙语

Portuguese ... Parabéns Feliz aniversário

意大利语

Italian ... Buon compleanno

西班牙语

Spanish ... Feliz cumpleaños

自制钟乳石

钟乳石有点像冰垂，石笋有点像冰柱，不过它们都是石头的。这两种东西都是因为石灰石溶液滴落，从岩石洞穴的地面或是天花板上长出来的。有点儿耐心，再加上一些必需品，我们在厨房里也可以制造钟乳石。

你需要

2个玻璃罐子或塑料茶杯

旧报纸若干

热水

泻盐或是小苏打

1把勺子

3个塑料盘子

2枚曲别针

一截70厘米长的毛线（或棉线）

做法

1.在家里找个清静的，至少一星期通常没人理会的地方。这个实验也

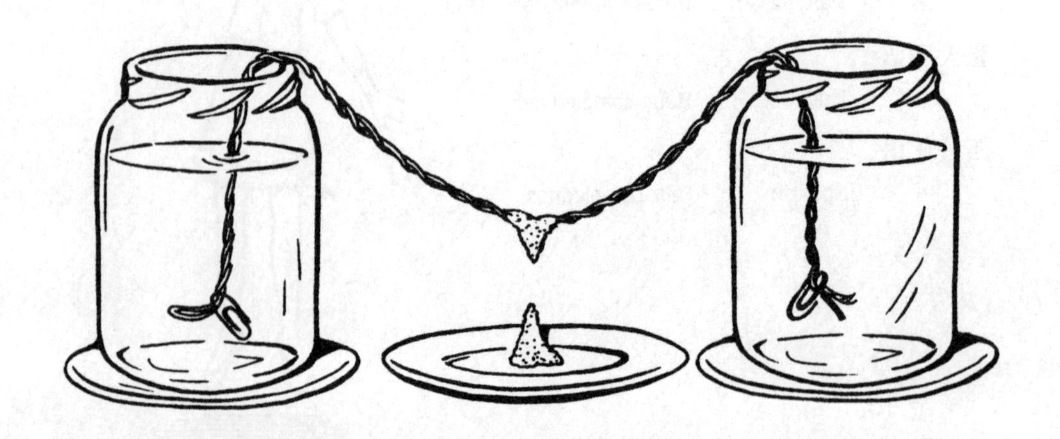

许有点儿脏，所以最好别把地方给弄脏了，先铺上很多层报纸吧。

2.玻璃罐子中装上约¾的热水，再加入泻盐或者小苏打，同时一边搅拌，直到溶液饱和。另一个罐子中也同样加入热水，制成溶液。

3.把罐子放到盘子里，再放到报纸上。然后在两个罐子之间放上另一个盘子，3个盘子间的距离约为20厘米。

4.把毛（棉）线浸到罐子里。把毛（棉）线对折后绞在一起。最后在绞好的线两头分别系上曲别针。

5.如上页图所示，把线的两头分别放到两个罐子中，让中间盘子上方的线略微有些下垂。

6.把完成的实验品放置一段时间。不久以后，你就能看到自制的钟乳石和石笋了。

提示

在泻盐（小苏打）溶液里加上一些实用色素，这样，就能造出彩色的钟乳石及石笋了。

巧测树的高度

量一棵树有多高，不是非要爬到树梢上，然后垂下一根长长的卷尺才能做到的。下面这个办法，非常简单，而且一片叶子也不会碰到。

你需要

色彩明亮的丝带 卷尺

铅笔 树

做法

1.用卷尺量出树干上离地1.5米处，并在此绑上丝带做记号。

2.走到远处，能够完整看到整棵树的地方就行了。面向树直立，手持铅笔，手臂伸直，然后闭上一只眼睛，调整铅笔的位置，视线里铅笔与树平行，树根部与铅笔底部重合，铅笔顶端与丝带所作的标志重合。这样你的铅笔所量出的长度约等于1.5米。

3.算一下要量多少次，铅笔的顶端才能与树梢重合。再与1.5相乘，就得到树的高度了。例如：如果你量了3次，那这棵树的高度应该是4.5米。

利用静电制造闪电

很容易就能制造出迷你版的闪电来——而且还不需要先制造暴风雨。只要你按我说的做……

你需要

吹胀的气球

羊毛衫

金属夹子

做法

1.空气很干燥的时候是做这个科学实验的最佳时机，秋天或是有雾的时候就最好别做了。房间最好遮遮光，黑一点儿才好，这样能把你的闪电看得更清楚。

2.把气球放在羊毛衫上摩擦30秒。

3.拿起气球，靠近夹子。

4.现在你可以看到气球和夹子之间有一道火花——就像一个小型的叉状闪电。实际上，这是气球表面的静电电荷碰到金属夹子后产生的放电现象。

四 社交能力训练

社交听上去离你很远，其实近在咫尺：通过做一些游戏和同学搞好关系、学会判断别人讲的是真话还是假话……现在开始做做这些训练，你马上就会变成一个最受欢迎的人！

本章精彩内容

1. 真话怎么说…………………………… 90

2. 读心术………………………………… 92

3. 自己的颁奖礼………………………… 94

4. 超酷的纸牌游戏……………………… 96

5. 玩名字游戏…………………………… 97

6. 疯狂高尔夫…………………………… 98

7. 打赌常胜王…………………………… 101

8. 大预言器……………………………… 102

9. 不用烤的生日蛋糕…………………… 106

10. 猫咪乖乖坐 ………………………… 108

11. 金字塔形蛋糕 ……………………… 109

12. 卡片会开花 ………………………… 112

13. 成为超级巨星 ……………………… 114

14. 生日花 ……………………………… 116

15. 袋子里有什么 ……………………… 117

16. 蝴蝶蛋糕 …………………………… 119

17. 真心话大冒险 ……………………… 122

真话怎么说

确定一个人是否真诚，或在说谎，是很困难的事情。但一些固定的特征会告诉我们真相：

一个撒谎的人总是要比正常人说得更多，会加上很多不必要的细节，好让人们相信他的话都是真的。发现了这样的迹象，或察觉朋友在说谎，为了避免尴尬，你最好是沉默或停止谈话。

如果她不停摸自己的脸，或是摸耳朵或理头发，坐立不安，不停眨眼睛或搔痒，通常都是紧张恐惧的表现，这些状况都是因为说谎而引起的。

如果朋友用手捂住嘴巴、鼻子和咽喉部位，这说明她想要掩盖自己的谎话。

人们想要重复一件事情时，眼睛会抬起来向左看。如果他说的不是实话，那么眼睛会向右看。

你朋友不断地试着转换话题？明显的，她会这么做——一边比画一边说。“噢！看那边！”——也许她只是很神秘地说：“昨晚你看了那部电

影吗？”你也可以试试这么做。在谈话中迅速转换话题——如果你的朋友说谎了，她会很高兴，看起来也轻松许多。而无辜者在你突然转换话题的时候，往往会有些懵。

眼睛睁大，是众所周知的没说实话的标志。这一点很多人都知道，有些人在说谎的时候就会使劲眨眼好骗过你。所以啊，你还得知道，说谎时刻意眨眼的次数会比平时要多。

警告

上述特征只是一些简单的标准。也许你朋友的表现与很多条都符合，但这并不意味着她一定是在说谎。注意，不要因为怀疑而指责别人，这样会伤害别人。

读心术

大部分“会读心的人”都采用了巧妙的技术，还做了大量的联系，这样让他们看起来似乎能读懂人们的心思。不过，只要用上一些小技巧，你也能够读心。说出人们所想的事，旁观的朋友就会信服。

你需要

一顶魔法帽（或一个沿很高的碗）

剪成条的纸　笔　A4大小的记事本

做法

1.让一个朋友说出10个名人的名字。把她说的第一个名字记在纸条上，然后叠起来放到帽子里。

2.她说出第二个名字时，假装也写在了纸条上，实际纸条上写的是第一个名字。写好后仍然把纸条折起来放进帽子里。

3.每说出一个名字，就同样写一张纸条放进帽子里。放进帽子里的10张纸条写的都是同一个名字。

4.让你的朋友从帽子里拿出一个纸条打开看，但是不能把上面的名字大声说出来或者让你看见。

5.很专注地看着她，把手放到头侧，好像你在运用一种神秘的力量。

6.几分钟以后，点点头。然后把第一个名字写到记事本上。要写得大大的，让所有人都能看清楚。

7.请朋友揭晓纸条上写的名字，并告诉围观的朋友。然后翻转你的记事本。现在，他们都会非常惊讶。

警告

在人们要看其他纸条之前，你记得赶紧把魔法帽藏起来。

自己的颁奖礼

无论是你在测验中取得了优秀的成绩，还是因为朋友取得好成绩想送上一份特别的祝福，为什么不举行一个颁奖典礼呢？还是走红地毯的那种呢！

邀请卡和颁奖信封

专为这次颁奖礼设计一些邀请卡，然后用金笔写上文字——白色的卡纸配上金色的文字，会特别赏心悦目。邀请卡上要写上颁奖礼举行的时间和地点。你还得要早点寄出，朋友们收到邀请卡后才有足够的时间准备。

还要想想要颁发的奖项。必须是符合朋友的特长的，不管是最好的朋友，还是新朋友。奖项可以是眼线描绘达人，或是最酷的杂耍小丑，最棒的卡拉OK歌手也不错。你还得注意，确保受邀的每个朋友至少获得一个奖。

准备颁奖信封。在信封上写上奖项的名称和3个被提名的朋友的名字，里面是写有真正得奖人的名字的纸。

提醒所有的来宾，不但要打扮得漂漂亮亮，还要准备令人热泪盈眶的获奖感言，感谢在场的每一个人见证了自己的获奖。还要提醒大家，意料之外的人获奖时，一定要正常呼吸大声鼓掌。

场景设计

你还要准备奖品，可以是一块写着“奥斯卡奖”的牌子，也可以是你自己设计并制作的证书。甚至是一些小礼物，像巧克力棒、朋友喜欢的杂志或是一束鲜花都行。

最后，找一块红布——慈善救济商店里卖的红色旧窗帘或红色被套就很好——把它铺在家门口，红地毯就做成了。

获奖者是……

举行颁奖礼的那天晚上，让你的朋友都穿上自己最漂亮的裙子，要多炫目就有多炫目。当她们走上红地毯进入你家的时候，记得要拍照——最好是近距离拍照，造成偷拍的效果。以后可以选出其中最好的照片送给她们做纪念。

给每个朋友一个信封，请她们在颁奖礼上开启——封口要牢，这样她们才会看不见里面写的是什么。

第一个奖颁给你自己。给你的朋友来一段奥斯卡奖式的表演示范，再说一大堆天花乱坠的感谢词。

请家人帮忙放音乐。得奖和下台的时候，都得有音乐伴奏。发表获奖感言时要关掉音乐，若是有人不好意思站起来，还要把音乐放到最大声来鼓励她。

不过还是要时刻记住——这些就只是娱乐。

超酷的纸牌游戏

“诺斯”是一种很简单的纸牌游戏，还非常好玩。一副牌就行了，玩家从4人到13人都可以。

将一副牌里四个花色（红心、梅花、方块和黑桃）的同一点数的牌放在一起——比如4张“2”。

给每个玩家发上一套4张牌。如果你手里有5张，那就拿出一张放到一边，手里剩下的4张应是不同花色的。把发后剩下的牌洗一次，然后给每个玩家再发4张牌。

玩家围坐成一圈。手里的牌应扣到桌上放在左边，新拿的牌放在右边。

若有人收集齐所有同一点数的4个花色，她就必须随意地把手指放在鼻子上，然后停止拿牌。谁最先这么做，谁就是赢家。其他所有人看见后，都应当发出信号，把手指放在鼻子上表示她们已经知道游戏结束。没有把手放到鼻子上的人是要受到惩罚的，可以让她讲个笑话，或是倒立，要不跳个角笛舞——一切听你的啦。

玩名字游戏

下雨的下午，或是午后的小憩，玩“名字游戏”是消磨时间的好方式——你和你的朋友都会因此而乐得大笑。

玩法

1.每人想一个名人的名字，或电视、电影和图书中的角色的名字。然后把这些名字写在贴纸上。

2. 面向你右边的人，并把贴纸贴在他的额头上（注意，别让他们看见你写的名字）。

3.从最小的那个孩子开始，让她猜猜自己额头上贴的是谁的名字。她可以问一个问题，其他人只能回答她“是”或者“不是”。比如：“我的是个男人吗？”或者“我的是个电视剧明星吗？”如果这个问题的答案是“不是”，她就输了，接下来轮到第二个人开始猜。

4.第一个猜出名字的人就是胜利者。她可以一直玩下去，直到所有的人名都被猜出来为止。

重要提示：如果你和你的朋友都认为很难猜，那最好是把你们要猜的人名限制在电影明星或是电视明星范围内。

疯狂高尔夫

雨天可以在家里举行一场疯狂高尔夫比赛，这样，不用担心你和朋友都会被雨淋湿。

比赛场地应当比较大，所以最好是使用家人不经常去的一个房间。

需要的东西

高尔夫球棍

（如果没有，雨伞、扫帚或是手杖都是不错的替代品）

一张纸 一个深平底锅

一切可以用来作为障碍物的东西

——如盒子、硬纸筒、CD盒、烤箔等等

遮光胶纸 胶带 一个小皮球

（不是高尔夫球——室内玩的话，这玩意儿破坏性太强了）

准备工作

1.设计一个“场景”——每个玩家都必须按照这条线路来打球。比赛的球行路线可以从一个房间开始，在另一个房间结束。路线最好曲折环绕，球要滚过桌子、椅子和沙发下，有可能的话，不妨下楼，甚至延伸到大门外——而且球经过的时候不能碰着门或者门框。最好还在踢脚板上标一个记号，球要碰到这一点，就得折返，回到起点。

2.剪一个纸圈放在起点，在终点放上一个深平底锅——必须把球打进锅里，比赛才算结束。

3.拿走房间里所有的易碎品。

4.放置障碍物。主要有：

▲ 用来阻碍球通过的硬纸筒。

▲ 特别摆放，好让球停下来的盒子。

▲ 书或者CD盒，让球的行进路线呈“工”字形。

▲ 一张皱巴巴的锡箔纸，用胶带粘在地上——球经过上面时，会乱滚。

▲ 在盒子上剪出门的形状，必须把球打进门里才能通过。

重要提示

一场有意思的比赛中，总是会有若干麻烦以及陷阱。你想要取得胜利，那就多试试，再看看什么地方需要改进——也许只是这一关比较难，而其他关可能简单了一些。

玩法

每个回合中，玩家挥起球杆（轻轻地），将球推动，越过球场中所有的障碍，还要避开危险。

记录玩家需要多少次才能把球打进终点的平底锅，作为玩家的积分。

如果球被困住，需要被取出从头来，就得再加分。

所有人都打完球后，计算总分，分数最少的就是冠军。

打赌常胜王

如果用下面的方法跟人打赌，你一定常胜不败。

挑战甜甜圈

这是一个美味又有趣的赌——先买上一些甜甜圈吧！和你的朋友打赌，他们在吃的时候不会舔嘴唇——这几乎是办不到的事儿，所以你能很简单地把买甜甜圈的钱赢回来。

你能吃下这块饼干吗？

问问你的朋友，他们能不能在一分钟内吃掉三块奶油苏打饼（是一些那种干透了的饼干哦，一般人们都只吃上面的奶油），而且一滴水也不喝。很少有人能做到，但也有人只花了15秒钟就把这种玩意儿吃光了——所以啊，没准儿你的朋友中有人会让你大吃一惊的。

大预言器

如果你的朋友想知道未来会发生什么，那就告诉她们吧。只要有一个有趣的预言器，你就是一个伟大的预言家。

你需要

一张正方形的纸

一支笔

要做的事情

1.将纸对角对折。

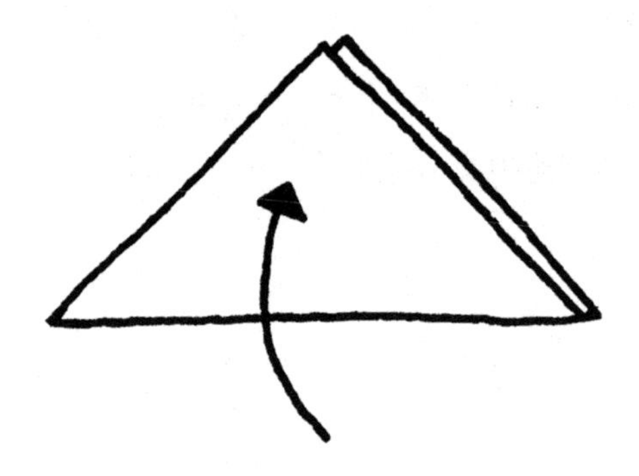

2.再次对折，然后打开平放。

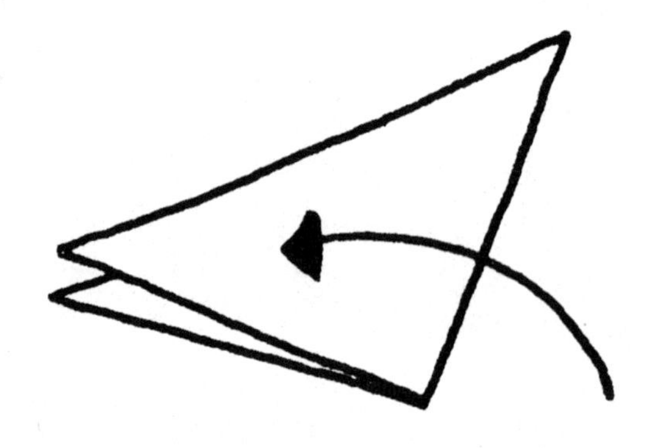

3.将四角对准纸中心折叠。

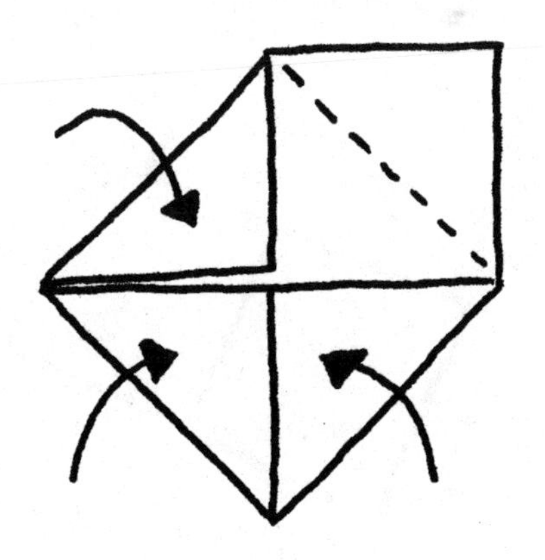

4.将纸翻转，再次将四角折叠到中心。

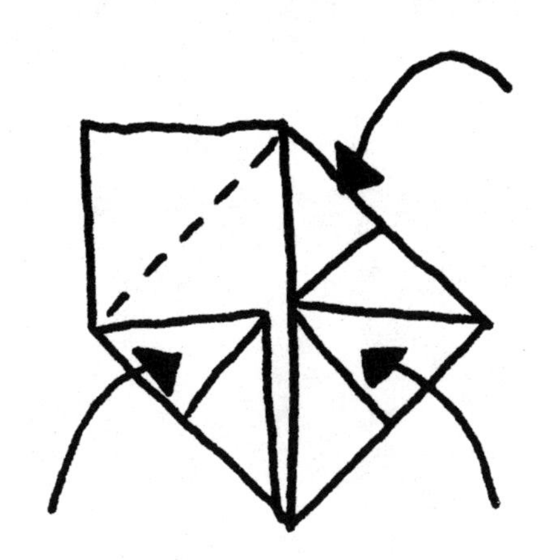

5.再次翻转叠好的纸，有四个方形的一面朝上，然后边对边对折。

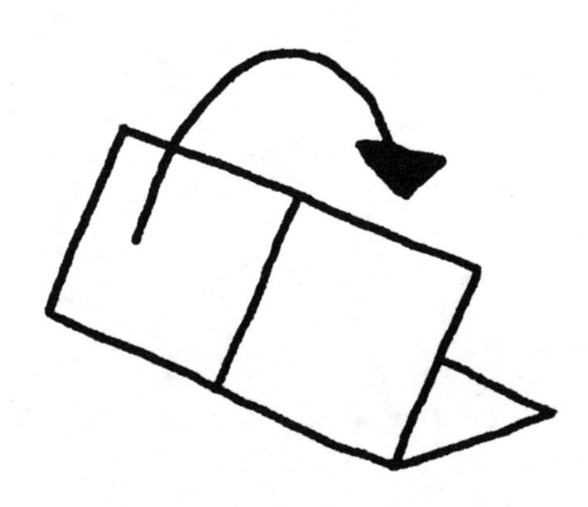

6.打开对折的纸，换一边再次对折。

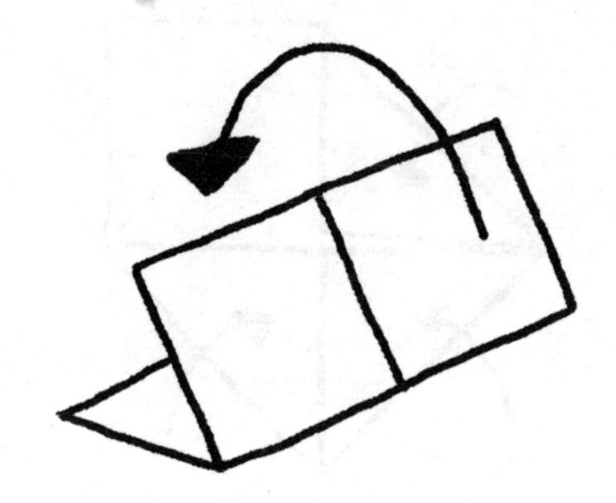

7.在四个方块上写上不同的颜色名称，再将预言器反过来。在8个三角形上依次写下不同的数字。

8.把叠好的三角形展开，在下面写下对每个人的祝福语——可以是“你会成为一个百万富翁”，“你会去澳大利亚生活”，“你会有6个孩子”，“19岁那年，你会坠入爱河”，要不来句“你会成为一个著名的外科医生”？

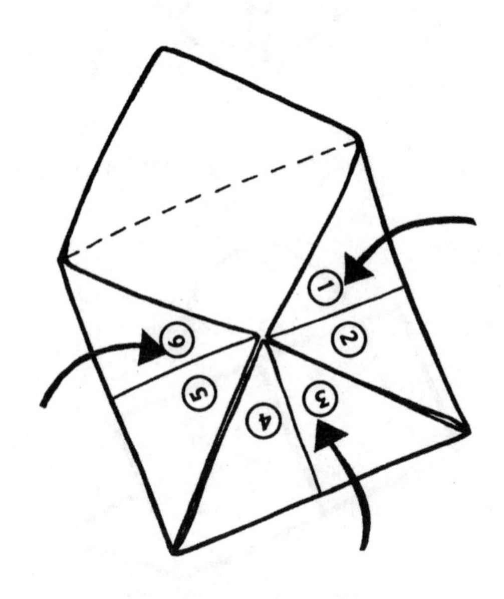

好了，预言器做好了——来告诉朋友们你的未来大预言吧。两手的食指和拇指分别插入四片纸中，向上推起，这样，就可以看到四种颜色的名称。

让朋友选择一种颜色，然后大声念出颜色名称的字母组成，每念一个字母就开合预言器一次。

说到最后一个字母时，让预言器打开，再让你的朋友在显出的两个数字中选择一个。将朋友选择的数字作为次数，再次开合预言器。

完成以后，让朋友再选择一个显出数字。然后打开预言器，就可以看到你对朋友的预言了。

不用烤的生日蛋糕

朋友的生日到了，你想让她高兴高兴，干吗不给她做一个生日蛋糕呢？来，教你做一个美味的蛋糕，而且还不用烘烤。

你需要

175克消化饼

75克黄油

225克起司

150毫升草莓味酸奶

150毫升全脂奶油

一打草莓

做法

1.第一步非常有趣——把消化饼放到塑料袋里，然后用擀面杖压成碎屑。

2.融化黄油，再把饼干屑加进去搅拌。让大人帮帮忙吧，这样你就不会烧伤手指头了。

3.把搅拌好的黄油饼屑放到直径20厘米的饼坯中，用汤匙压实，并将其表面修理平整。

4.冷却后，把它放到冰箱中存放约半小时，直到完全冷却变硬。

5.取一个大碗，加入酸奶和起司搅拌均匀。

6.另取一个大碗，把奶油打发泡（用个电动搅拌器能很容易地做到）。

7.现在，将发泡的奶油轻轻地倒进碗中，均匀地覆在起司和酸奶上。然后，用一只木头汤匙沿着碗边搅一圈，再在中心搅一圈，重复这个动作把碗里所有的东西拌匀。然后把混合物倒在消化饼屑做的蛋糕基底上，然后推开抹匀。完成以后再将整个蛋糕放到冰箱里，冻硬后再取出——大约30分钟后就可以完成。

8.草莓切片，放在蛋糕上做装饰。

9.插上生日蜡烛。

重要提示：

最好根据过生日的朋友的口味选择装饰的水果——覆盆子或者蓝莓都挺好。

猫咪乖乖坐

很多人都认为猫科动物没法子训练，因为它们个性非常独立，根本不听话。其实，不是这样的——你至少可以教会猫咪乖乖听话坐下。

怎么做

1.开始前，你得确保小猫心情很好，而且非常放松。抚摸它会让它感觉更加舒服。

2.把食物给小猫看（比如猫饼干），然后对它说："福路飞（你就说你的小猫的名字），坐下！"

3.把食物拿到小猫头顶上。如果小猫乖乖坐下，就喂给它吃；如果它不听话，那就轻轻地按压它的脊背。

4.小猫坐下以后，表扬它，再给它一点吃的。

一些日子以后，小猫在要吃东西的时候，就会乖乖坐下，而且你不需要把食物拿到它头上，它也会这么做。当然，要耐心地不断地练习才行。训练时，发觉小猫开始不耐烦，那就停止，下次再练吧。

重要提示：在小猫吃饭前训练很短的时间，就有不错的效果哟。

金字塔形蛋糕

对于埃及主题的派对来说，这个蛋糕是一个吸引眼球的装饰。

你需要

重要提示

下面列出的“你需要”只是做一个蛋糕的分量。要做一个金字塔，你需要做3个蛋糕，因此需要3份同样的材料。

200克黄油

200克细砂糖　4个鸡蛋

1茶匙香草香精　200克自发面粉

100克不发酵面粉 果酱

搅打起泡的稀奶油

糖粉

做法

1. 烤箱预热到160℃或煤气第3挡。在烤盘上抹上油。

2. 混合黄油和砂糖，用木勺用力搅动到毛茸茸的状态。

3. 加入鸡蛋。依次把所有鸡蛋都加入，再加入香草香精。

4. 面粉筛后加进搅好的黄油中，小心搅匀。

5. 取一个20厘米的烤盘，铺上锡箔，然后倒入搅好的面糊。放进烤箱烤约75分钟。你可以用叉子插入蛋糕中来检查蛋糕是否烤好——抽出的叉子上没有面糊就行了。

警告

无论把东西从烤箱里取出还是放入，都要戴上隔热手套。最好是请大人帮你。

6.从烤箱里拿出蛋糕，并从烤盘里取出，放在架子上摊凉。

7.用同样的做法，再做两个蛋糕。

造金字塔

第一个蛋糕，是金字塔的基础。先把它放到蛋糕盘中。

做第二层。另取一个蛋糕，切下约4厘米长的两条边。剩下的蛋糕长宽都是16厘米。在蛋糕的一面涂上果酱，然后小心地粘在第一层蛋糕的中间。

最后一个蛋糕要做好几层。首先把蛋糕修成长宽12厘米的方块，涂上果酱后，粘在第二层蛋糕中间。

把剩余的蛋糕边切成方块。一块的长宽为8厘米，一块为4厘米。再涂上果酱，粘在第三层。最小的那块蛋糕就是金字塔的顶部。

修饰

用筛子将糖粉均匀地撒在整个金字塔蛋糕上——古埃及，很多金字塔外面都刷了一层石灰，这样在阳光下会闪闪发亮。

金字塔蛋糕已经完成了。那就举行一个古埃及主题的派对吧！你可以把自己打扮成埃及艳后。

卡片会开花

会开花的卡片做起来很简单，看起来却令人感到震撼。这可是母亲节或朋友生日的绝佳礼物哦。

你需要

一张A4大小的彩色纸

剪刀

胶棒 笔

做法

1.彩纸长边相对对折。然后把朝上的一面再对折一次。

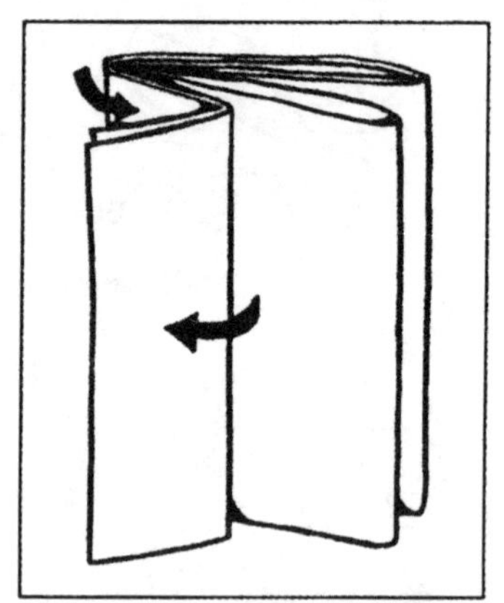

2.沿着两道折痕把纸张剪开。这样就得到了3张纸条，一张略宽，两张很窄。

3.取一张窄的纸条，短边对齐对折，然后再按相同方向对折两次，这样得到了一个小的长方形，一共有8层。

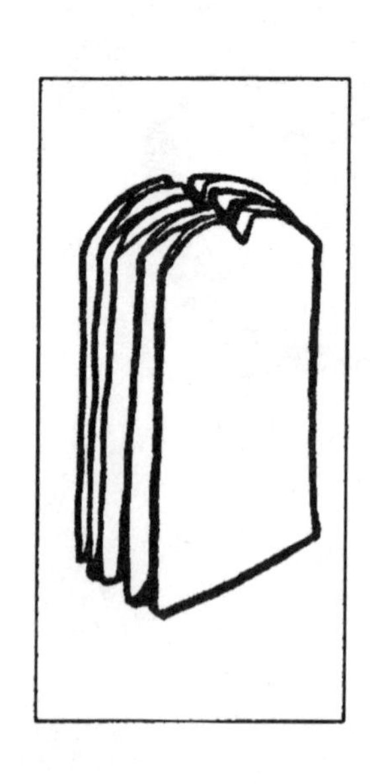

4.为了找到长方形的中心线，再把纸对折一次，然后打开。用剪刀把长方形的上部修成圆弧形，然后在中心部位剪出V形的小口。这样，花瓣的形状就完成了。

5.取另外一张窄纸条，重复第3和第4步骤，完成花瓣。

6.如右图所示，在两条纸带上分别剪出四个口。

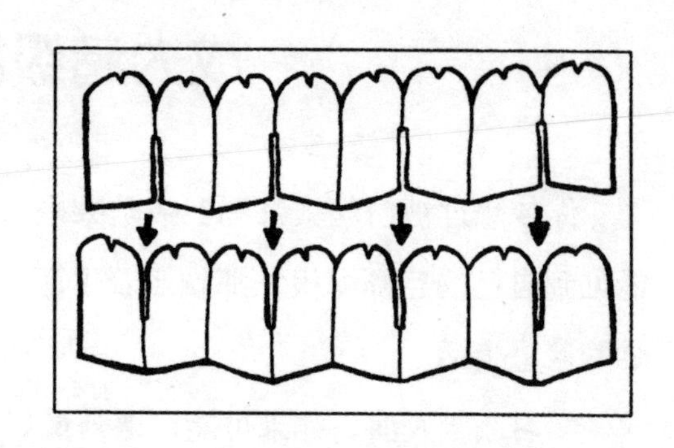

7.将两条纸带口对口卡上，现在得到一条交错状的纸带。从纸条的一端开始，将两片花瓣并列压平，最终得到8对并列的花瓣。

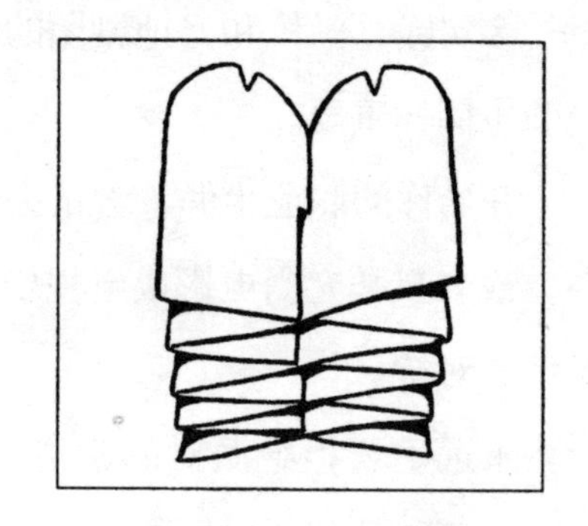

8.把剩余的宽纸条剪成两半，丢弃一张。然后对折——用来做立体卡的外观。

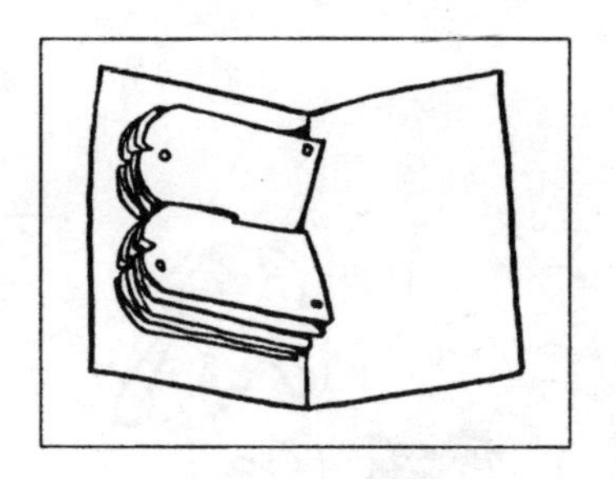

9.涂上少量胶水，把花瓣条的一边粘在卡片中间，然后合上卡片压平，好使粘得更牢。

10.翻转卡片，把花瓣条的另一边也粘上。胶水干了以后，打开卡片就可以看到美丽的花儿盛开了。

11.现在，根据实际情况用记号笔在卡片前面画上或写上你的祝福吧——“生日快乐”或者“母亲节快乐”。

成为超级巨星

你梦想过被粉丝崇拜吗？或是乘坐自己的私人飞机？或在世界各地都能见到自己的巨幅海报？那就照着下面说的做吧！也许你就会开始星光灿灿的巨星生活。

学习戏剧表演。如果可能，课外最好参加表演课程的学习。

多实践，学校和当地剧团的演出都不能放过——天分当然不可少，但经验也同样重要。

开始你的职业生涯，尝试去扮演“路人甲”——这个角色也许没有对白，或者只是充当电影或电视剧里的人肉布景板。但无论什么样的角色都要认真对待。

永远不要拒绝派对的邀请：你不会知道你将要遇见谁——可能是星探，也可能是著名的导演。

拍一套自己的“大头照”（要知道这个行业里长相决定一切）。还要在照片背面写下你的演出经验。如果你还有其他天赋才能，例如唱歌、跳伞、滑雪、武术或会跳爱尔兰舞，也把它们列出——没准儿导演需要一个有这些才能的人呢。千万别无中生有，因为露馅了会很丢脸。

你还需要一个经纪人，帮你落实一个重要角色的扮演事宜和处理法律上的相关事务。所以你要尽可能地把自己的照片多多地送给星探和专业经纪人。

要打扮得可爱迷人，还要请一个朋友来当你的助理——她得经常大声讲电话，还得随身带着一摞看起来像剧本的纸。

与人是否常联系会决定一切。与导演、经纪人和其他演员要维持良好的人际关系，有礼貌、守时和专业素养都会给人留下好印象。

虚心和谨慎。聚光灯的照耀之下，你会听到很多溢美之词，也会有同样多的批评朝你涌来。除了真诚的意见和建议，其他的通通无视吧。

生日花

下面这些特别的花儿象征着一年中的某一个月（有时候是两种花象征一个月）。恰逢朋友的生日，何不给她送上一束生日花呢？再附上一张卡片告诉她花儿所代表的祝福。

月份	花	含义
一月	康乃馨或雪莲花	艰难时世的友谊或爱
二月	紫罗兰或报春花	忠诚或爱
三月	水仙	忠实
四月	雏菊或香豌豆花	天真或再会有期
五月	铃兰或山楂	甜蜜或希望
六月	玫瑰或忍冬	爱
七月	燕草	欢笑
八月	剑兰	真诚
九月	紫菀	爱
十月	金盏草	快乐
十一月	菊花	财富和欢欣
十二月	一品红	未来的美好希望

袋子里有什么

“袋子里有什么”是一个很吓人的游戏，最佳游戏时机是在万圣节的派对或幽灵出没的夜晚。这样可以有许多人一起玩。

在朋友到来之前，你得找一些不透明的塑料袋（只要从外看不到里面装了什么东西的袋子都可以），然后再准备一些下面的东西：削了皮的胡萝卜、剥了皮的葡萄、煮好的意大利面、捣成糊状的香蕉、乡村干酪以及煮好的米饭。把这些东西分别放进不同的袋子里。

最好在派对刚开始的时候玩这个游戏，因为这时候你准备的东西既新鲜又热辣。朋友一到齐，就让他们围坐成一圈。先营造恐怖的气氛，告诉他们，很早很早以前，你曾经经过一个坟场，看到一个陌生的女人坐在一个大大的罐子前，一面小声嘀咕着什么，一面搅动着罐子里的东西。你上前问那是什么，用来做什么，那人却叫你摸摸后再猜猜看。

跟你的朋友讲，这些袋子都是巫婆让你猜的东西，非常非常可怕。现在，他们得把这些东西一一分辨。每个袋子里都是不同的东西，你的朋友不能看，只能靠手模。

如果他们猜不到，那就告诉他们袋子里到底是什么。保准让他们全身发冷。

手指头（胡萝卜）

眼珠（葡萄） 蛆（米饭）

蠕虫（面条）

蝙蝠的脑子（乡村干酪）

青蛙的内脏（糊状的香蕉）

蝴蝶蛋糕

这种小蛋糕的做法很简单，但是非常漂亮和美味，是生日派对和晚会的最佳零食。

你需要

（蛋糕）

100克黄油

100克细白砂糖

2个鸡蛋

100克自发面粉

1茶匙香草香精

1打蛋糕杯模

奶油

50克黄油

100克糖粉

附件

喷洒糖珠 糖粒

水晶花瓣

银球糖 食用色素

做法

1.烤箱预热到190℃或煤气第5挡。

2.融化黄油和砂糖（用木勺搅拌），直到变得毛绒绒的，颜色发白。这可能会很花力气。

3.加入鸡蛋，然后一下一下轻轻搅拌。

4.一次筛一点面粉加入黄油中，每次加入后都充分搅拌。你一定要慢慢做这一步。

5.加入香草香精搅拌。

6.把蛋糕杯模放到专用的烤架上。

7.舀起面糊放进杯模中，装一半就行了。这样才能保证面糊足够做一打蛋糕。

8.烘烤蛋糕15～20分钟，表面变成金黄后取出（用烤箱时记得请大人帮你忙哦）。

9.冷却到可以用手指触碰后，把蛋糕从烤架上取出放在网架上晾好。

10.请大人帮你把每个蛋糕的上面部分切下，然后切成两个半圆。

11.混合黄油和糖粉，抹在剩余的蛋糕上。然后将两个半片蛋糕放在黄油上，使其朝前直立，看来就像一对蝴蝶的翅膀。

12.用你准备的装饰品来修饰你的蛋糕。看看，多么华丽灿烂!

提示

可以在奶油里加上几滴食用色素，这样你的蝴蝶蛋糕上就会有些小斑点，会更加漂亮。

真心话大冒险

两三个人玩通宵的话，最好的游戏就是“真心话大冒险”了——只要你不会碰到危险和令人心烦的事儿！下面是玩法和一些建议。

玩法

游戏开始之前，在纸条上写下一些问题和冒险的事（下一页有些东西可以参考）。然后把纸条叠起来，分别放置。问题一堆，冒险一堆。

召集所有的玩家，围坐成一圈。第一回合从最小的那个朋友开始——她来充当“提问者”。她选择其他人中的任意一位做答题者，先选择“真心话还是大冒险”。无论答题者选择什么，都必须回答。然后提问者会从合适的一堆纸条中拣出一张读出。读题者得尽可能地来回答她的问题或去完成她的冒险。

一些建议

想让自己做得更好，而且还不会遇上一些糟糕的、粗俗的事儿，那你最好选择真心话。

真心话

你的白日梦是什么？

在荒岛上或孤立无援之境，你最想和谁在一起？

你爱上过朋友的哥哥吗？

何时何地最开心？

向老师提问的时候，什么问题最愚蠢？

说说你理想中的16岁生日派对。

如果有了100万欧元，你会做什么？

你理想的假期是什么样的？

明天世界就会毁灭的话，今天你会做什么？

大冒险

放两块冰在你的T恤衫里

来个侧身翻

吃一茶匙芥末

模仿你最不喜欢的老师

和你右边的朋友交换一件衣服

一边唱《我是茶壶胖又矮》，一边跳舞

到外面去大声唱《咩，咩，黑羊》

把袜子套到手上，游戏结束才能取下

大声哼唱国歌

背着你左边的人在屋里绕一圈

五 创造能力训练

你想过把意大利面做成水母形状吗？用象形文字签名呢？其实创造能力往往就在你的一些奇思妙想中，很多创意大师都是通过这些奇特的想法让全世界记住的哦！

本章精彩内容

1. 做一盘水母意大利面…………………… 126

2. 用象形文字写名字…………………… 127

3. 音乐家的衣服…………………… 128

4. 吸血鬼的好朋友…………………… 129

5. 创造世界纪录…………………… 131

6. 制造假化石…………………… 133

7. 姜饼屋…………………… 135

8. 和雪人做朋友…………………… 138

做一盘水母意大利面

与众不同，又适合待客的，当然是水母意大利面了。而且，它可能很快成为你的拿手菜哦。

你需要（2人份）

两根大号法兰克福香肠

干意大利面条

做法

1. 将法兰克福香肠切成长度相等的几段。

2. 把24根长意大利面拦腰折断——这样你就有48根短面了。在每一个香肠段上都插上8根面条——注意不要穿透。

3. 平底锅里加水烧开，把做好的水母面放进锅中煮7分钟。

4. 用漏勺捞起水母面，装盘。

好了，来享用吧，加上一些调味汁会更美味。

用象形文字写名字

象形文字是几千年前的古埃及人用的文字。一些象形文字代表整个词语，一些代表声音或是一组声音。古埃及文士会花数年时间来学习使用象形文字，当然，你不用那么长时间啦。这里有个简单的象形文字表，里面每一个符号都对应着相应的字母。

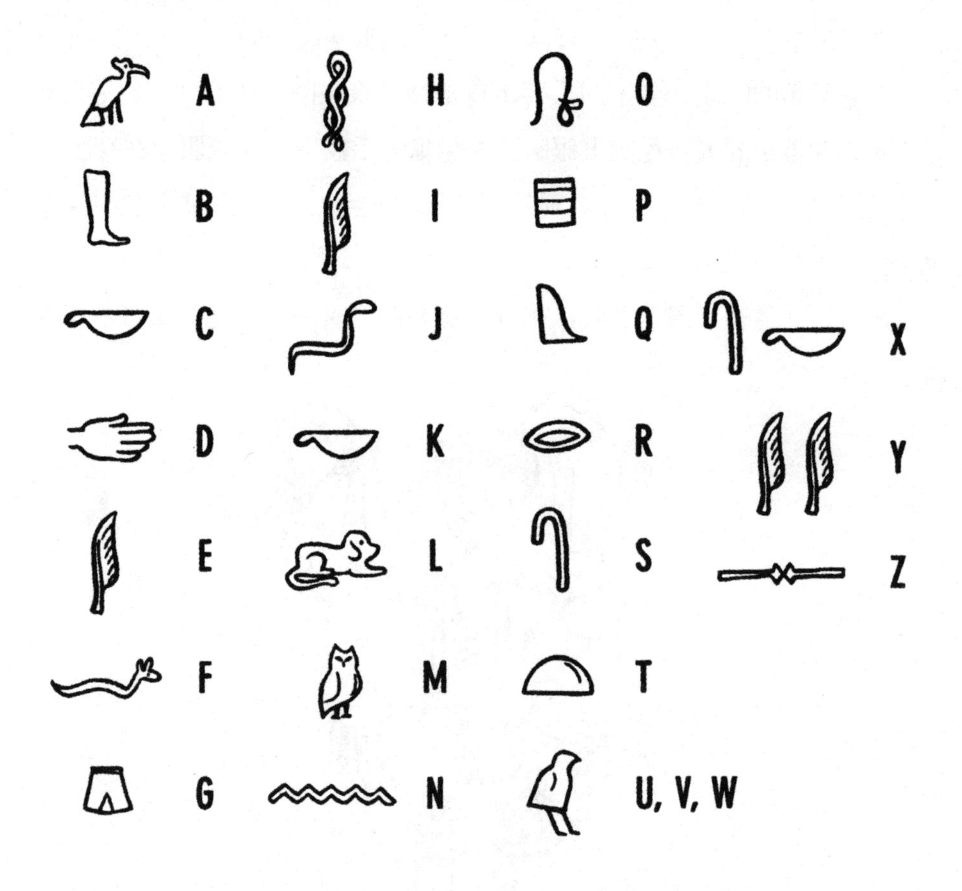

用象形文字拼出你的名字，然后写在下面的方框里吧。

音乐家的衣服

“音乐家的衣服”与“音乐家的椅子”是两种相似的游戏。但是“音乐家的衣服”的游戏结束后，你看起来会很傻很傻。

把你能找到的各种型号的旧衣服都塞到一个大大的包里，最好是有些已经过时的衣物，包括外套、帽子、御寒耳套、套头毛衣、T恤衫、胸衣、长裤、衬衣、短裤还有鞋子——还要记得让你的朋友们也贡献一点儿。

你们当中有一个人来开关音乐，剩余的人围坐成一圈。

音乐开始的时候，坐下的人要迅速把装满衣服的包传给别人。等到音乐停止，拿着包的人就得闭上眼睛，在包里随手摸出一件衣服穿在身上。

接着音乐再次响起，游戏则像刚才那样继续，一直到整个包空空如也，就宣告结束。

最后，开关音乐的朋友可以来选择谁是胜利者——看起来最傻的那个就是了。

吸血鬼的好朋友

你可能读过有关吸血鬼的书籍，或者是看过相关的电影或电视。但你有想过怎样做吸血鬼真正的朋友吗？如果你不介意他们的饮食习惯，按照下面这些对你有帮助的办法做，没准儿会成为他们的好朋友呢。

打成一片

要让你的吸血鬼朋友感觉舒服，你就要和他们一样，也穿上黑色的外套。再用血红色来化妆，加上非常时尚的长斗篷。为什么不给你的朋友编织手套、帽子或者围巾呢？要知道，吸血鬼已经是死人，血液不会循环，他们的皮肤总是冰凉冰凉的。

外出时要注意

千万别提议在中午会面。你的新“男朋友”是不能站在阳光下的，他们得找个地方，躲进黑暗中。

一定不要带你的吸血鬼朋友去美发店，或是去有很多镜子的地方——因为镜子照不出他们的影像，只会让大众感到恐慌。而且没有影像也说明你的朋友看起来有点儿不修边幅。想个比较过得去的说法来解释这件事情吧，比如说他今天很粗心哦，门牙上不巧粘上了几片白菜叶子。

饮食也要注意——不要吃大蒜面包。吸血鬼非常讨厌大蒜，这小东西一出现他们就会尖叫不止，这样可就糟透了。如果你的朋友只喜欢鲜血，菜单上可就很难有他们喜欢的食物。黑香肠这种传统食品，或者生牛排也许会让他们高兴（点餐的时候，可别把“牛排”和“木桩”给搞混了——这是杀吸血鬼的工具，一下子刺入他们的心脏，就必死无疑）。

（译注：英文里牛排为steak，木桩为stake）

如果吃饭时不小心把自己的手切着了，那你就得当心了。你的朋友一闻到鲜血的味道就会发狂，那时候赶紧给他们一块牛排。

狂欢时分

要邀请你的吸血鬼朋友去参加你的生日聚会，那有些事情一定要记住了。别请他们帮你吹气球——吸血鬼是死人，没有呼吸。

他们到达你家的时候一定要应门——只有被邀请了，吸血鬼才能进你家。门铃响了却没有理会，他们就只好待在门外了。

也别和你的吸血鬼朋友一起合影，照片上不会留下他们的影像。

如果想让你活着的朋友觉得这个聚会很特别，那就别点生日蛋糕蜡烛。吸血鬼通常已经存在了好几百年，如果你在蛋糕上插上207根蜡烛，你的吸血鬼朋友可能会意识到这一点。

创造世界纪录

没准你认为自己是世界上速度最快或最慢、也可能是最好或最坏的人。那就去登记一个正式的世界纪录吧。

首先，你得决定自己想要创造什么样的世界纪录，或要打破哪个纪录？如果要创造新纪录，你就得和“吉尼斯世界纪录”联系。这是一个裁决、记录的机构，每年都会出版一本很有名的书，书里记载了形形色色的世界纪录。你可以上他们的官方网站登记注册你所破的纪录。网址是 www.guinnessworldrecords.com.

详细报告吉尼斯你的计划之后，他们会告诉你他们认为可行与否。如果认为可行，他们会详细展示你所提供的创造世界纪录的各项数据，这些数据必须是真实的。如果他们认为你的计划很危险或是难以实现，就不会接受你的注册申请。

你可以试试去打破一项已经存在的纪录——下面有各种选择——用鼻子滚动一个橘子、扔鸡蛋或是马拉松接吻，这些纪录都有可能被你打破。吉尼斯会告诉你现在的纪录，你需要遵守的规则以及你要提供的相关证明。有时候，他们会派人来来监督和记录你是如何破纪录的。

一旦你提交了你挑战纪录的数据，几星期内，吉尼斯就会告知你纪录是否属实。如果你达到他们的要求，你就是新的纪录创造者。

制造假化石

制造古生物学家（那些专门研究化石的古生物学家）收藏的假化石并不困难。

你需要

雕塑黏土

擀面杖

做化石的模型

——小小的塑料玩具昆虫、动物或是恐龙、贝壳或骨骼

画笔 凡士林

熟石膏 水

做法

1.揉软雕塑黏土，然后用擀面杖擀平，厚度为2厘米。面积大于想要用来做化石的模型。

2.用画笔在模型上刷一层薄薄的凡士林（这样做是为了把模型方便地从黏土里取出）。

3.把模型放到黏土里，黏土干燥以后再取出——大约需要24小时或者更久。现在，你的化石模具就做好了。

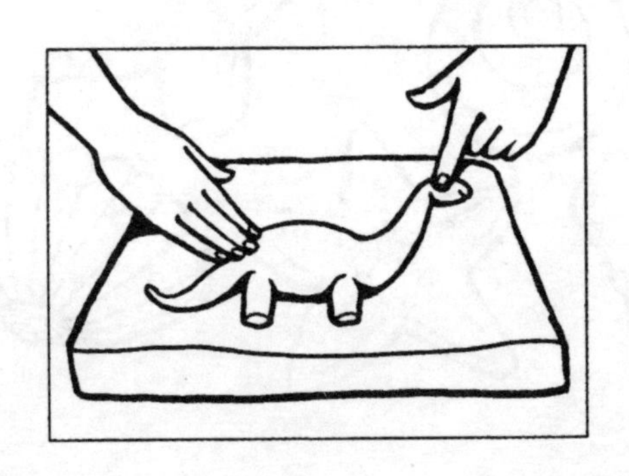

4.用画笔在模具里刷上一层凡士林。

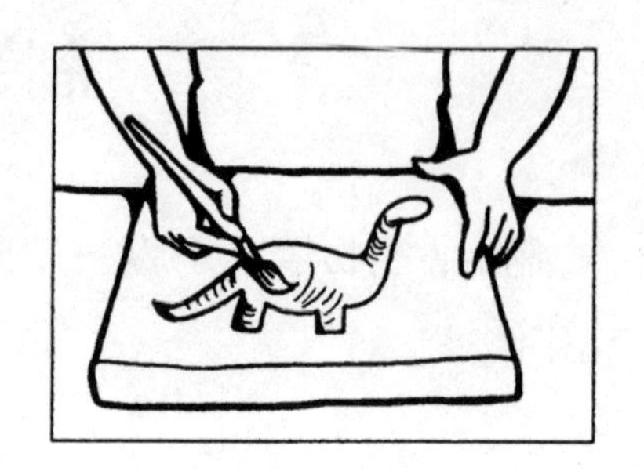

5.把熟石膏倒进模具，成型至少需要30分钟。

6.完全干燥以后把石膏从模子里取出来。

现在，你有了一个很酷的假化石了。接下来，继续制造史前时代的昆虫、动物骨骼和迷你恐龙化石吧。

姜饼屋

制作姜饼屋很花时间，但是非常值得一做。它可是又好吃又好看的哦。

你需要

（姜饼屋模型）

厚纸或卡纸　铅笔　剪刀

（姜饼）

250克新鲜黄油　200克红糖

7茶匙糖浆　600克中筋面粉

2茶匙发酵粉　　5茶匙姜黄粉

（姜饼屋装饰）

500克细砂糖　杏仁蛋白软糖

彩色糖果　巧克力白脱

银球糖或者其他糕点装饰

做法

1.在纸上照第136页的图样画出，并剪下。

2.烤箱预热到200℃或煤气第6挡。混合黄油、红糖和糖浆。

3.加入面粉、发酵粉和姜黄粉，搅拌均匀后可以做姜饼屋面团了。

4.取¼面团放在撒了面粉的锡箔纸上碾压，成品约0.5厘米厚。沿着姜饼屋的前墙模型边切除多余的部分，然后连同锡箔一起放进烤盘中。

5.在剩余的面团中加入装饰辅料，然后放到撒了面粉的锡箔纸上碾压，做成0.5厘米厚的面片。然后切成画出的模型形状，烤盘里每一种形

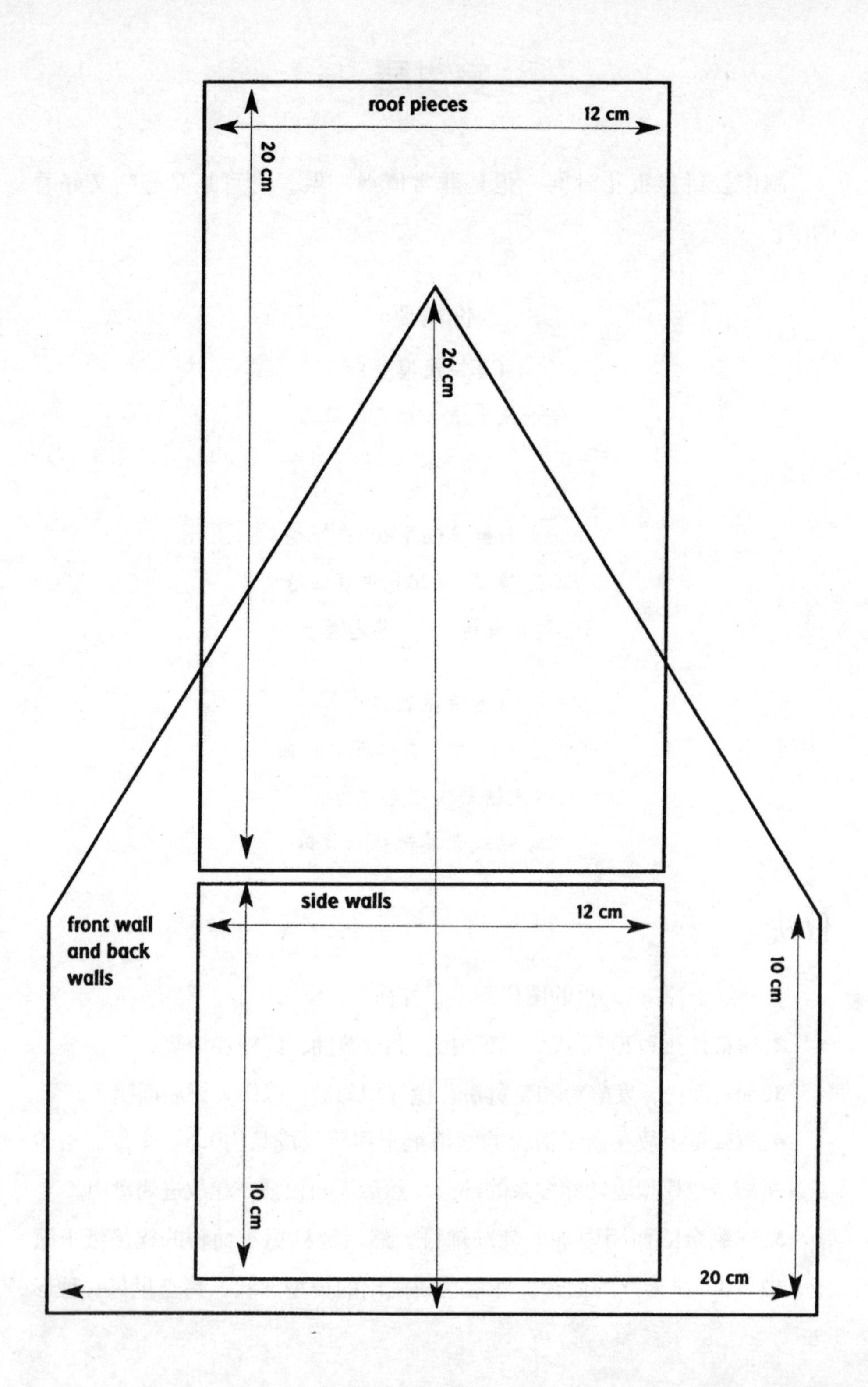
roof pieces
12 cm
20 cm
26 cm
side walls
12 cm
front wall
and back
walls
10 cm
10 cm
20 cm

状的姜饼都应该有两片。这些面片烘焙时会膨胀，它们之间要留下足够的距离。

6.烘烤姜饼片10～15分钟，饼面变成金黄，且边缘微焦就可以取出冷却（使用烤箱的时候，要请大人帮你哟）。

7.剩余的面团可以做成姜饼屋花园里的花和树，还可以做一个姜饼小人儿。

8.依照包装上的说明制造糖浆，这是姜饼屋的黏合剂。

9.冷却后，在做墙面的姜饼片边缘抹上糖浆，再将两片姜冰一点点地拼合在一起——做这一步你可能会需要一个朋友来帮帮忙。用书、杯子或者食品罐头支撑起墙面，干燥2个小时。然后再用相同的办法把屋顶粘上。

10.现在来装饰你的姜饼屋。蛋白杏仁奶糖做门——也可以用白脱糖，再加上银球糖做门框。还可以把糖霜撒在屋顶上（或用碾碎的细砂糖）。再用糖浆把糖果粘在房子上。

舍得吃掉你的姜饼屋吗？只要你愿意，它可以保存一个星期。

和雪人做朋友

这里说的雪人就是喜马拉雅雪人。关于“令人厌恶”这个词，你会想些什么？（译注：喜马拉雅雪人的英文为“abominable snowman”，而“abominale”的字面意思就是“令人厌恶”）也许牢牢记住的就是雪人有3米高，600千克重。无论如何，如果你认为你会是一个大大的毛茸茸的神话生物的好伙伴，那听听下面的建议吧。

首先，去找一个雪人。这可不容易，你得去尼泊尔和中国西藏交界处的喜马拉雅山，还要带上大量保暖的衣服——雪人身上有厚厚的毛，它们可不会怕冷。世界上其他地方也报告过有类似的生物出现——你也可以去找找看，比如加拿大的野人、美国的大脚人、巴西的玛平瓦赫伊人还有澳大利亚的幽微人。

雪人并不是常常能看见的，因此它们可能非常怕羞。不要弄出一些突然的响动，要友善地看着它，然后再慢慢接近它。当然，你还得很有耐心——也许，雪人要做出一个和你做朋友的决定，需要很长时间。

雪人有很多毛发。如果你对毛发过敏，一闻到就会打喷嚏的话，它对于你来说还真不是个好朋友。

带上一些吸引雪人的食物。报告表明，雪人是类人猿的一种，没准猿猴喜欢的食物它也喜欢。

一旦你和雪人成了好朋友，那一起玩玩冬天的游戏吧，比如滑雪。这些游戏雪人都是高手，没准还会教你一些别出心裁的花样。

和雪人交谈会有一些问题：它不会说话。实际上，和它沟通只能用像猿猴那样的嘟哝和尖叫。为了让沟通更加顺畅，你最好找点有意思的事情和雪人一起做。游戏当然不错，围着篝火吃棉花糖、看星星或者放风筝也蛮好。

图书在版编目（CIP）数据

女孩手册.生存能力训练/（英）特纳文；（英）杰克逊图；冯金虎译.
—南昌：江西科学技术出版社，2011.4
（男孩女孩最棒手册丛书）
ISBN 978-7-5390-4323-4
Ⅰ.①女… Ⅱ.①特… ②杰… ③冯… Ⅲ.①女性-修养-少儿读物
Ⅳ.①B825-49
中国版本图书馆CIP数据核字（2011）第044454号
国际互联网（Internet）地址：http://www.jxkjcbs.com
选题序号：ZK2010064 图书代码：D11040-101 版权登记号：14-2011-87

The Girls' Book 3: Even More Ways to be the Best at Everything
First published in Great Britain in 2009 by Buster Books,
an imprint of Michael O'Mara Books Limited,
9 Lion Yard, Tremadoc Road, London SW4 7NQ
Text and illustrations copyright © Buster Books 2009
This Simplified Chinese language edition is published with Michael O'Mara Books Limited.
中文简体字版由Michael O'Mara Books授权独家出版发行

丛书总策划/黄利 监制/万夏
编辑策划/设计制作/**奇迹童书** www.qijibooks.com
特约编辑/胡金环 纠错热线/ 010-64360026-187

女孩手册．生存能力训练
[英] 特蕾茜·特纳/文 [英] 凯蒂·杰克逊/图 冯金虎/译

出版发行：江西科学技术出版社
社址：南昌市蓼洲街2号附1号 邮编 330009
电话：(0791) 6623491 6639342（传真）
印刷：北京市兆成印刷有限责任公司
经销：各地新华书店
开本：787毫米×1092毫米 1/16
印张：9
字数：68千
版次：2011年7月第1版 2011年7月第1次印刷
书号：ISBN 978-7-5390-4323-4
定价：22.80元

赣版权登字-03-2011-64
版权所有 侵权必究
（赣科版图书凡属印装错误，可向承印厂调换）

奇迹童书 有爱有梦想

奇迹童书是什么?

阅读是亲子之爱的最佳传递方式
阅读是孩子建立梦想的最好途径

奇迹童书是北京紫图图书有限公司旗下品牌。奇迹童书致力于充满爱和梦想的儿童图书出版事业，我们同时也是一个充满爱和梦想的团队。奇迹童书出品的每一本书都是用爱心精心选择和制作的，它们也将是年轻父母们将爱传递给孩子的方式。愿我们的爱托起孩子充满梦想的未来!

意见反馈及质量投诉

奇迹图书上的专有标识代表了奇迹的品质。如果您有什么意见或建议，可以致电或发邮件给我们，我们有专人负责处理您的意见。对于您提出的可以令我们的图书获得改进的意见或建议，我们将在改版中真诚致谢，或以厚礼相谢；如果您购买的图书有装订质量问题，也可与我们联系，我们将直接为您更换。

联系电话：010—64360026—187　　　联系人：郑小姐

联系邮箱：kanwuzito@163.com

延伸阅读

定价：25元

《陪女儿说说话》

最适合爸爸送给女儿的书，写尽了你的爱和期许

英国政治家菲力浦·切斯特菲尔德写给女儿的信。

欧洲、韩国、台湾地区最畅销的亲子教育读物。

协助父母更进一步深入了解女儿的内心世界。

定价：25元

《陪儿子说说话》

最适合爸爸送给儿子的书，写尽了你的爱和期许

英国政治家菲力浦·切斯特菲尔德写给儿子的信。

欧洲、韩国、台湾地区最畅销的亲子教育读物。

协助父母更进一步深入了解儿子的内心世界。

亲子馆更多精彩图书

定价：19.8元

《好妈妈的第一本亲子游戏书》

孩子跟妈妈抢着玩的60个游戏

从跟孩子制作盆景，到进行疯狂的家庭派对，一个都不会少。

妈妈与孩子搞好关系的必读作品。

定价：19.8元

《好爸爸的第一本亲子游戏书》

孩子跟爸爸抢着玩的70个游戏

从打水漂比赛、制作纸飞机，到钓鱼，各种花样精彩不断。

爸爸与孩子搞好关系的必读作品。

定价：19.8元

《英国好妈妈手册》

剑桥妈妈都会的120招驭儿术

不用含辛茹苦，不用苦口婆心，

开开心心做孩子的知心漂亮妈妈。

定价：19.8元

《好爸爸手册》

剑桥爸爸都会的150招驭儿术

不再手足无措，不再斯文扫地。

轻松当一名魅力四射的时尚全能型好爸爸。

定价：19.8元

《全家一起玩的亲子游戏》

100种趣味游戏传递亲子之爱

表达亲子爱，没有那么难。

100个亲情游戏让亲情表达难题迎刃而解。

强烈建议您进入官网试读

紫图官网：http://www.zito.cn/

奇迹童书：http://www.qijibooks.com/

试读其他高清晰电子书，先看后买！

图淘宝专营店：http://ztts.tmall.com（直接买，更划算）

微博：http://t.sina.com.cn/zito（每日关注，阅读精彩）

微博：http://t.sina.com.cn/1874772085（有爱，有梦想）

进入紫图、奇迹官网每本书都有高清晰试读！